JN015360

# 首相が撃たれた日に

ウズィ・ヴァイル

母袋夏生・広岡杏子・波多野苗子＝訳

河出書房新社

ביום שבו ירו בראש הממשלה
וסיפורים אחרים

עוזי וייל

## 首相が撃たれた日に　目次

# 首相が撃たれた日に

# 首相が撃たれた日に

首相が撃たれた日、ぼくは泊まる場所を探していて、事件をまったく知らなかった。三日後に教えられたが、それでも、ぼくは無関心だった。どっちにしても、この国じゃ、撃《う》つか、政治の話をするかで、ぼくはそのどっちにも関心がない。

建物の前で、ぼくは立ち止まった。一階は小さなカフェ、二階から上はアパートになっている。変わった造りの建物で、いまもそのままだが、この話の頃にはいろんなことがあり過ぎて、息が詰まりそうだった。夏の真っ盛り、人々は汗のなかで身動きし、大声でくだらないことばかりしゃべり、夜にはビールをあおった。ぴかぴかした銀色の蛇口から、でっぷり太った腹にビールがじゃんじゃん注ぎ込まれ、暑い夜々、人々はさかんに動きまわり、なんだかんだと大声でしゃべりまくっていた。雨季の訪れがそろそろあってもいい、なんてことには思いが及ばず、心は乾き、空気はじっとり湿って暑く、だが、雨乞いをするかわりに、みんなはビールをあおった。そのせいか、その年、雨季の訪れは遅かった。そんなに、前のことじゃない。

信号が変わるのを待ちながら、ぼくは建物を眺《なが》めた。兵役時代からの雑嚢《ざつのう》が荷物でふくれあがって肩に食い込んだが、いちいちおろしたり背負いなおしたりするのは面倒だった。カフェの上には部屋がいくつもあって安く借りられる。キチネットがついているし、たいていの部屋にはトイレもついている。兵士や建設現場の日雇いや、町に流れ込んできた新入りが借家人だった。老人が三人いて、そのうちの二人はひと部屋に同居していた。夜には、ヨルダン渓谷に近いベイト・シェアンから来た女たちが声高にセックスし、建設現場の日雇いたちはそれを聞いてオナニーにふけったが、老人たちにはきつかった。曲がりくねった廊下に面して、床の高さが少しずつ違う部屋が並んだ妙な建物だった。部屋の造りもぜんぶ違っていた。どの部屋も安かったが、老人たちを除くと、誰一人四か月と居つかなかった。その町で最高の場所じゃない。だが、その二日前にぼくは仕事を失《な》くし、その二十四時間後には住む場所も失くしていた。選択の余地はあまりなかった。

建物はまるまる、カフェもアパートも、ディナという名の女性のものだった。ディナは三十歳ぐらい、建物は祖父の遺産だった。ぼくはディナと知り合いだった。彼女の弟と兵役で一緒だったのだ。ディナと弟はだいぶ年が離れていたけれど、とても仲がよかった。何回か、二人が一緒にいるのを見かけたことがある。彼が亡くなるすぐ前だった。ディナと一緒だと彼は十歳も大人《おとな》に見えた。二人は、妻子にさえ内緒のことを口にする秘密諜報部員みたいに、ひっそりと話していた。

ディナの弟はアメリカに旅行に出かけ、一九八三年のジョージア州アトランタ上空の航空機事故で死んだ。死者は八十人だった。彼女には寄りすがることのできる人がまったくいなくなった。彼女は浴室に入って睡眠薬を五十錠あおり、それから念のため、弟の大きなコマンド・ナイフで手首を切った。だが、ときとして同じ場所に同時に二人の人間が存在することが許されないように、二人の人間が同時にこの世から姿を消すことも、ときとして許されない。一人が死んだら、残ったもう一人は生きていないといけない。どんなに死にたかろうと、そんなことには関係なく。彼女はドアを開けて、死の天使を呼んだ。死の天使は、ふつうなら、呼ばれたらすぐやって来る。だがその晩は、なんというか、天使はジョージア州のアトランタの航空機事故にてんてこ舞いで、彼女の声に耳を貸せなかった。彼女は死ななかった。激痛にのたうちまわり、血を少しずつ流し、しまいに睡眠薬のせいで意識が朦朧《もうろう》となって倒れ、病院で目が覚《さ》めても、なぜそこにいるのかわからなかった。

彼女の祖父は存命していたが、入院中で死期が近かったし、親戚はほかにいなかったので、見舞いに行ったのはぼく一人ぐらいだった。一人ぼっちでベッドに横たわり、すべてをあきらめ切った者特有の、快美ともいえる絶望にひたりこんでいた彼女は、退院するまで毎日ぼくが見舞うと、ひどく感激してくれた。

その後、ディナは外国に長期間いた。そこで何をしていたのか、たしかなことはわからない。一度、帰国した彼女と会ったが、それきり連絡をとりあうこともなかった。

アパートとカフェの真向かいにぼくは立っていた。車が行きかい、暑くてあつくて、雑嚢を担《かつ》いでいるせいで汗が背中を伝い落ちた。ちょうど、そのとき、首相が撃たれた。だが、ぼくは知らなかった。

通りをわたってカフェに入ると、日陰になった。天井で大きな扇風機が二機まわっている。雑嚢を横に置いてテーブルについた。巻き毛を束ねた、太い足の、自分はブスだと思い込んでいるせいで、たしかにちょっとブス顔になっているウェイトレスが寄ってきて、飲みものは、と聞いた。いつなんどきでもむっとしてやるという態度だった。自分をブスだと思い込んでいる女の子というものは、もし美人だったらダンスに誘ってもらえるのに、と思っているものだ。アイスコーヒーを注文すると、その注文に慣れているのか黙って受けた。それから、ぼくは聞いた。

「ディナはいる?」

「ええ、上のアパートの方に。すぐ、おりてきます」

「そう。ありがとう」

ウェイトレスが向きをかえて去った。アイスコーヒーの、きいんと冷えた大きなグラスが運ばれてくると、ぼくはごくごく飲み干し、足を伸ばしてくつろいだ。音もたてずに単調にまわる大きな扇風機が、心地よい風を送ってきた。

目をつむった。そして目を開けると、目の前に彼女がいた。微笑《ほほえ》んでいる。

「やあ、ディナ」

「こんにちは」そう言って、彼女はぼくの髪にふれた。「元気だった?」

「まあね」

「家から追い出されたの?」ディナは雑嚢を見やって、ぼくの前に腰をおろした。

「追い出されるような家はないんだが、あちこちから追い立てを喰《く》らっちゃって」

彼女はぼくを見つめた。くたびれたショートパンツに大きめのシャツ。元気そうだった。

どうして、なかなか、いい顔をしている。部屋を借りたい、とぼくは言った。それから、ひょっとして人手を探してないかな、と丁重に聞いてみた。ひょっとして探してるのよ、と彼女は言い、ぼくたちは取り決めをした。仕事をするかわりに、住居と食事と少しだが金をもらうことになった。

部屋にあがった。ぼくとの取り決めと似たやり方で、アパートの管理を任せられている老人がいた。ディナの祖父の親友だった人で、行くあてがなくて泊めてもらっていたんじゃないかと思う。老人は、年季のいったコミュニストで、ぼくも、ディナの弟に会いに来ていた頃から見知っている。その頃は熱心で精力的で、いつでも議論に応じる用意があったのに、いまは疲れ果てて病気がちで、苦渋に満ちていた。マットを運んでドアを開け、鍵を渡してくれた。ドアノブに彼の苦渋が残った。ぼくはドアノブの苦渋はそのままにして、ドアを閉めた。部屋はとても小さかったが、清潔できちんとしていた。荷物を片づけてから、下におりて厨房とテーブルの仕事を手伝った。

夜になると部屋にあがり、シャワーを浴びて、外に出た。小さな映画館の横の暗やみに行った。そこなら、ゆっくり腰をおろして、誰にも見られずに行き来する人を眺められる。ぼくは長いこと、そこにいた。たしかに、人が行き来していた。ウオッカの小瓶《こびん》を持っていたので飲んだ。時が過ぎた。ぼくは神と話そうとしたが、神は応《こた》えてくれなかった。だから、すべていいようにやってくれ、あんたを信じているからな、何があっても、ぼくはあんたの味方なんだから、と言うにとどめた。人生について考えるには十分酔っ払い、まだ酔いつぶれずに動ける状態で、ぼくは立ちあがると部屋に戻った。

つぎの日は早起きして、カフェで働いた。気の利《き》いた仕事で、きつくはなかった。感じのいい人たちと、退屈な仕事をする、ぼくにはどうでもいいことだった。夜になって店を閉めると、疲れた。部屋にあがってシャワーを浴び、そのまま眠り込んだ。目が覚めると、十一時だった。ぼくはベッドの上に座りこんだ。隣の部屋から、アパートを管理している老コミュニストの泣き声が聞こえてきた。わびしい、ひっそりした泣き声だった。ぼくは下におりた。真っ暗だった。厨房に入ってアイスコーヒーをつくり、ホールの端の明かりをひとつつけた。

テーブルのひとつにディナがいるのに気がつくまで時間がかかった。ディナは、ぼくをじっと見ていた。彼女の前には、半分空《から》になったドライベルモットの瓶とグラスがあった。青いベルベットの上着を着て、黙ったままぼくを眺めている。ぼくはコーヒーを手にしたまま立っていた。

彼女が言った。「こっちにいらっしゃいよ。お座りなさいな」

ぼくは言われるままに座った。

「コーヒーなんて、捨てちゃいなさい」彼女はぼくのコーヒーを取り上げると、後ろのテーブルに置いた。そして、どこからかグラスを出してきて、ベルモットを注いだ。

「飲みましょ」そう言って、ぼくのグラスにカチッとグラスをあわせた。

ベルモットを飲みながら、彼女を眺めた。酔ってはいない。落ち着いた風情で、もの思いに沈んでいる。彼女はちらっとぼくを見て微笑んだ。

「おいしく飲まなくちゃ、ね」と言って、立ちあがると厨房に行き、片手に塩漬けのオリーブの実の大きな缶を、もう片手にジンの瓶を抱えてあらわれた。缶の上に、氷の入ったプラスチック・トレイがのっている。最高だ。彼女はオリーブの缶を床に置くと、テーブルを片づけ、グラスに氷を入れ、ジンを三分の一、ベルモットを三分の二、注いだ。オリーブの実を指でつまみあげてグラスに落とすと、指でくるくるまわし、オリーブがグラスの底に落ちるのを待った。

「どうぞ」

「どこで、そんなこと身につけたの？」

「ニューヨークにいたとき、小さいバーを持ってる男と知り合ったの。そのバーで働いてたのよ」

「知らなかったな」

「いま、知ったわけね」

ぼくたちはグラスをかたむけた。彼女は黙っていたが、しばらくして言った。

「部屋の様子を見にいく暇がなくて、ごめんなさいね」

「万事うまくいってるよ」

「よかった。でも、ねえ。いつも、アブラハムがアパートの方を見てるんだけど、このところはあんまり、なのよ」

彼女は手を振って「あんまり」のところを強調した。

「アブラハムって、コミュニストのじいさんか?」

「そう」

また、飲んだ。

「彼、どうしたの? すっかり、まいっちゃってるみたいだけど」

ディナはマティーニを少し口に含んで喉《のど》にすべらせ、ほっとしたように、椅子《いす》に背をあずけた。

「コミュニストって名誉ある敗北を知らないのよ。なんでも自分のせいにしちゃって、それで、しまいには、いつも敗北」

「どういうこと？」

彼女はまたひと口飲んで、グラスを空けた。さっきと同じ手順でグラスを満たす。

「あの人たちが自分たちに課してることをごらんなさいよ。自分たちで世界を変えようとしてるでしょ、多かれ少なかれ、ね。神に勝とうとする。あの人たちときたら神を憎んで、それを声を張りあげ過ぎるぐらいに言い募るの。そうなると、神もお返しに彼らを憎む。ねえ、しあわせなコミュニストに会ったことある？　あの人たちは革命に失敗するか、よしんば成功しても、今度は仲間うちで殺しあう。どっちにしても、夢はおしまい」彼女は飲んで、ぼくを見た。

「お飲みなさいよ。何のためにここにいるの？」

「コミュニストについて学ぶため？」と、ぼくは言った。

「いいえ。飲むためよ」

彼女は空になったぼくのグラスにジンとベルモットを注ぐと、半分ほど減った自分のグラスをジンで満たした。あふれてこぼれそうなグラスの中身をそうっとひとすすりしてテーブルに置き、後ろにもたれた。

「ずいぶん、ばかげてるわね、神に勝とうなんて。そういうふうに考える人間って、いつも、しまいには人生に見放されるのよ。そうなると、打ちのめされて、小さな子どもみたいに泣きだす」口をつぐむと、また、飲んだ。

「続けて」ぼくは言った。

「続けるって、何を？」

「神について？」

「神についてわたしが知ってることは、これでぜんぶ」ディナが言った。

「じゃ、コミュニストについて」

「コミュニストについて知ってることも、これだけ」

彼女はぐっと身を乗り出すと、ぼくの目のなかをのぞき込んだ。自分自身のまなざしの深さを測ろうとするかのように。

「だったら、アブラハムについて」

彼女は後ろにもたれた。「可哀想《かわいそう》なアブラハム。死にそうで、それを気に病んでるの。まるで虚脱状態。人間て、いつかは死を知るものなのにね」ひと口飲んで、グラスを見つめた。「彼はこの国をつくった人たちの仲間だった。イスラエルの地にユダヤ人の国家をつくることができるのなら、死にだって、勝てると思った。彼の、子どもじみた夢の国家は実現し、死は、永遠に生きようとする彼をあざ笑った。そして、何回か生き残るチャンスを与えた。そんなの、意味ないのに」

「誰だって、死にたくない」

「あきらめることを学ばなくちゃ。そういうものでしょ」

ぼくたちは黙り込んだ。一分か二分して、彼女はぼくの方に顔をあげると、「なんてこと、しゃべってるのかしら」と言った。

ぼくは笑みを浮かべ、手を伸ばして彼女の髪にさわった。

彼女が微笑みながら言った。「空論にそそのかされたの?」

「ああ、すごく」

彼女はぼくを見つめた。それからぼくの方に身を伸ばしてキスしてきた。彼女の舌は甘いアルコールの野性的な味がした。ぼくは手を伸ばして彼女の顔をはさみ、長いキスを返した。彼女はゆっくり椅子に腰をおろした。ぼくたちはじっと見つめあった。

「だめ」と、彼女は言った。

いままで耳にしたうちで、いちばんやさしく、いちばん断定的な「だめ」だった。ふるえが走った。彼女の頬《ほお》をなでた。彼女は静かに微笑んでいたが、ふいに、違う女性に見えた。目はぼくの方に向いていたが、ぼくを見ていなかった。ぼくの後ろを、遠いところを凝視していた。ぼくは、テニスコートにいるはずなのに、いきなりボクシングのリングに放り込まれたみたいな感覚に襲われた。ディナは彼女自身に閉じこもって、ぼくは余計者だった。おやすみを言って、ぼくは上にあがった。アブラハムの部屋の前を通った。ドアが開いていた。アブラハムが部屋のなかからぼくをにらんでいた。会釈《えしゃく》して通り過ぎようとすると、呼び止められた。

「おい、来いよ、若いの。ちょっと来てくれ」

ぼくは、後戻りした。

「あの娘《こ》、おれのことを何て言ってた？」

「えっ？」

「おれのことをしゃべったろう。何て言ってた？」

ぼくは肩をすくめた。

「なら、いいよ。どっちみち、ぜんぶ聞いたから。階段に座って、おたくらの話を聞いてたんだ」

ぼくは黙っていた。

「コミュニストについての話だが、ありゃ、あの娘が考えたんじゃない。アメリカ人が一人、ここにいたことがあって、そいつからの受け売りだ。あの娘はそいつとちょっとあった。意味はわかるだろ」

「だったら、何をしゃべってたのか、わかってるんじゃないですか」

「ああ。だけど、ぜんぶ聞こえたわけじゃない。おたくら、小声でしゃべってたから。あの娘、おれのことを何か言ったか？　世間話じゃなくて、おれのことを」

　ぼくは肩をすくめた。「いや」

　コミュニストはうなだれた。

「あの娘は、ときどき、何でも知ってるように思い込む。なぜおれがこんなふうなのか、なんで使いものにならん道具みたいなのか、わかってるなんて思ってる。あの娘に何がわかる。何もわかっちゃいない。だけど、おれはぜったいそんなこと、あの娘には言わんよ」

　老人は思いつめていた。顔に常夜灯が当たっている。なんだか胸を衝《つ》かれる、半分は気落ちしたきびしい表情、そしてもう半分は、泣きだしそうなほどにやわらかな表情だった。

「なぜです？」ぼくは聞いた。

「なぜです？　なぜかって？　なぜ、あんたに言わなきゃならん？　あんたは子どもだ。何もわかっちゃいない。あんたらは、みんな子どもだよ。何でもわかってると思ってるが、何にも知らんのだ」

　ぼくは立ったまま、老人を見つめた。老人はいまにも破裂しそうだった。部屋は小さかった。破裂しそうな彼に似合わないほど、小さかった。ぼくは挨拶《あいさつ》して行こうとしたが、また呼び止められた。

「こっちに来てくれ、若いの。来てくれ」

ぼくは戻った。

「なぜなのか教えてやる、ぼうず。なぜだか話してやる」だが、何も言わなかった。言いたいのに、彼のうちで押しとどめるものがあって、言葉が出てこないのだ。

ぼくは言った。「なぜです?」

「あの娘が好きなんだ。それが、なぜの答えだ。やっと、わかったか? いま、わかったか、おい」コミュニストは黙り込んだ。それから、ぼくを見ないで言った。「行け、行っちまえ」

ぼくは部屋に戻った。服のままベッドに横になった。十五分ばかりすると、ドアをそっと叩《たた》く音がした。ぼくは立っていって、ドアを開けた。

「ちょっと、入ってもいいかな?」

「どうぞ」

彼はなかに入ると、ドアを閉めた。

「あのう」言葉を選ぶのがむずかしいようだった。「なあ、おれが言ったことは他言無用だ。あの娘には、特にだ」

「わかりました」

「いいな」彼は落ち着かなげに、まわりに目をやった。「あんなふうにしゃべるんじゃなかった。どうかしていた」

「大丈夫です」

「あの娘に知られたら、大丈夫じゃない」じれったげに言うと、ぼくの方に目をあげた。「頼む。誰にも話さんでくれ。年寄りってだけじゃない、孫みたいな娘に恋い焦がれてるなんてな。おれが知らないなんて思ってるだろうが、おれはあの娘のお情けで生きてるんだ。だから、あの娘を愛してるなんて、あの娘に知られるのだけは、な」

「わかりました」ぼくは言った。

彼は深く息を吸い込んで、それから言った。

「先行きなしに、こうやって毎日あの娘を見てるだけならいいじゃないか、そう割り切りゃいいじゃないかと、あんた、思ってるんだろ。もう五年もあの娘に恋しているが、誰にも、そんなことしゃべらなかった」

「なぜ、ここから出ていかないんです?」

彼は肩をすくめた。「どこに行くんだ? それに、ここを出てどこかに行ったら、あの娘のことを忘れられるとでも思ってるのかね？　なあ、いいか。三十年間、おれは妻を愛して暮らしてきた。ほんとだ。だけど、こんなことは一度もなかった。まるで、気が狂ったみたいで」黙り込み、それから続けた。「おれは、老いた人間だ。何もない。いまさら、どこに行けばいい？　おれが、このおれが、新しい暮らしをはじめなくちゃいかんってのか。おれにはもう、そんな時間はない。だけど、毎日こんなじゃ、つらいんだ。若くなれるなら、魂だって売り渡したい。これじゃ、どうしようもない。終わりを待つだけだ」

　ぼくは彼を見つめ、だが、何も言えなかった。彼はうっすらと笑った。

「笑わせるよ、まったく。死を怖れてるから可哀想だなんて、あの娘に言われるとはな。おれが？　おれが、死を怖がってる？　死が存在しないんなら、おれが発明してやるってのに」彼はドアノブに向かい、ドアを開けた。そして部屋の外で、丁寧な口調で言った。「あの娘には、何も言わないでくれますね。おれのことを思ってください。知られでもしたら、おれにとっては、この世の終わりだ。あの娘に笑われ、憐《あわ》れまれるだけだ。愛している人に笑われたり同情されたりするなんて最悪だ。あんたはまだ若いが、そのくらいはわかりますよね」

　ぼくは、何も言いません、とまた誓った。彼はうなずいて、自分の部屋に消えた。ぼくはベッドに戻って身体《からだ》を伸ばした。眠れなかった。

それから二日、そこで働いた。アブラハムはずっと猜疑《さいぎ》の目でぼくを追いまわし、だが、話しかけてはこなかった。おはよう、と言うのさえやっとのようだった。彼は怖がってい た。それが、ぼくには堪えられなかった。ぼくがいるかぎり、口を割られるのじゃないか、しゃべられるのじゃないか、と恐怖の虜《とりこ》でいるだろう。

二日後、旧《ふる》くからの友だちのところに転がり込むことにして、仕事を辞めた。ディナには、友だちがいい仕事の話を持ってきてくれたので了解してほしい、と言った。ディナは了解してくれた。外に出て、手持ちの金を勘定してみた。切りつめれば、ぎりぎり二週間は暮らせる。外は夕暮れだった。

友だちのアパートに着いた。ドアに「ダニー」と書いてある。ベルを鳴らすと、ダニーがドアを開けてくれ、雑嚢を背負ったぼくを見てうなずいた。なかに入って雑嚢を放り出して、ぼくたちはベランダに出た。外は、じっとりと暑い暗やみだった。ベランダの下を、おしゃべりしながら人が通り過ぎていった。声が聞こえた。くだらないおしゃべり。それからずっとあと、安物のウィスキー二本と、封を開けた煙草の箱をいくつもまわりに置いて座り込んでから、ダニーが首相の狙撃事件について話してくれた。ぼくが自分の話をすると、ダニーは、そっちの話の方がずっと大事だと言った。

ぼくたちはまたウィスキーを飲み、また煙草をふかした。ぼくはダニーに言った。ダニー、いったい、どうなってるんだろう、ずっと、あたりさわりなく、何にも傷つけないようにうろつきまわってるばかりでさ、こんなこと、いつまでやってりゃいいんだろ。除隊してからってもの、ひたすら下降線をたどるばかりでさ、ぼくたちがちょっと触ると、何でも壊れちまう、下に向かいっぱなしだ。

「さあな」と、ダニーが言った。

「除隊したときには、世界を制覇できる、片手を背中にくくりつけたまんま、わけなく世界を手に入れられるって、ぼくら、思ってたじゃないか」

「まあな」ダニーが言った。「下降線の下にいるってことがどんなものか、上から指し示されてるんじゃないのかな。それが、何なのか、ぼくらがわかるようにさ。あんまり、うぬぼれ過ぎるなって。下での生き方を学べってさ」

「ほう」と、ぼくは言った。「それについちゃ、ぼくは知ってるよ。ようく知ってる。信じろよ、ほんとにわかってるんだ。それに、それ以上知るのは、そりゃ、無理ってもんだよ」

ダニーは笑った。ぼくたちはまた飲み、その夜は、そのことについてはもう口にしなかったが、つぎの日、目が覚めると、太陽がはげしく目を射て、ぼくたちはもう汗をかき、前の晩からそのままの、瓶に残ったウィスキーと吸《す》い殻《がら》があふれた汚い灰皿が、ぼくらの目の前にあった、まるで、失敗した手品みたいに。

# なあ、行かないでくれ

　秋、雨季に入って初めての雨が、ありったけの水をひっくり返したみたいに降りしきっていた。ダニーは病院の待合室のベンチで、妻が手術を終えて出てくるのを待っていた。目の前の大きな窓ガラスを叩《たた》く雨を、彼は呆然《ぼうぜん》と見つめた。家を出たときは夏の暑さだったから半袖シャツだったが、この時間になると、まるで冬のさなかのように寒かった。

　朝、病院に入ると、受付横のナースステーションのラジオが、昨夜ハイファ（イスラエル北部の都市）は雨でした、と言っていた。ダニーは受付を通って、妻がいる病室に行った。

　ベッドは空だった。トイレに行ったんだろう、と腰をおろして待った。そのあいだに、空の色が黒く変わった。十分過ぎ、妻はどこか、と聞こうと立ちあがったところに看護師が来て、手術室に入られました、と言った。えっ、と彼はあわてて、とんでもない、手術は二週間後のはずですがと言うと、手術をキャンセルされた方がいらして順番が繰《く》り上《あ》がったんです、昨日はまる一日お宅に連絡をとり続けたんですけれど、と看護師が言った。じつは、電話が故障してまして、と彼は言った。看護師は、大丈夫ですよ、ほんとに、ややこしい手術じゃないですし、それに、こういうことは早ければ早いほどいいんですよ、四、五時間、外で時間をつぶして、戻ってらしたらいかが、と言った。

何時に手術室に入ったんです、と彼が聞くと、いま、たったいま、と看護師が言った。今朝も連絡したんですが、電話がつながらなくて。

ええ、電話は故障してるんです、と彼は言った。

看護師がまた、何でもないですよ、四、五時間外出なさったらいかが、と言った。心配ないですから、ほんとに、大丈夫ですよ。順番が繰り上がって今日でよかったじゃないですか。おわかりでしょうけど、こういうことって早いほどいいんですよ。彼は立ったまま、ばかみたいにうなずいた。しばらくして、どこを、誰が手術するのか聞かなかったのに気がついて、あわてて看護師を探しに走った。看護師に言われても、まだ、ぼうっとして、阿呆になったような気分だった。ほんの数か月前には元気そのものだった妻が、急に痛みを訴えだすようになり、検査が繰り返され、ことが慌ただしく進展し、医者の前で緊張しながらも、しまいにはぜんぶ間違いだったと言われるはずだ、とまだ信じていて、笑いながら安堵《あんど》のため息をついて医者のもとを去る自分たちをダニーは思い描いていたのだった。そのとき、「申し上げにくいことですが」と医者は言い、言葉を一瞬とぎらせた。その一瞬を、彼はこの先ずっと忘れられそうになかった。

外に出ようか、帰ろうか、と思ったが、外に出るのを阻《はば》むほどの土砂降りだった。待合室に戻って雨を見つめ、大きな窓ガラスを打つはげしい雨音を聞いた。白い蛍光灯《けいこうとう》がまぶし過ぎた。ふっと、いまの状況に既視感《きしかん》をおぼえた。何の本だったか映画だったか、外は篠《しの》つく雨で、雨が嫌いだと口癖のように言っていた男の妻は手術中で、男は手術が終わるのを待っていた。どこだったのか、場所も思いだせなかった。雨からの連想で緊張がふっと緩《ゆる》んだのを感じて、ダニーはあわてて現実の場所と時に戻った。救いがほしければ緊張していた方がいい、と思った。

向かいのベンチに八歳くらいの女の子が座っていた。女の子は、床に届かない足を揺らしながら彼をじっと見ている。彼が見つめ返すと、女の子は目をそらした。何歳かわからなかったが、娘と同じ八歳ぐらいにみえた。床まで届かない女の子の足って、胸が痛くなるほど甘くて切ないものだ、という思いがよぎった。

思いはとりとめなく、あちこちした。妻を初めて愛していると感じたときを思いだした。十年前の贖罪日《ヨム・キプール》（一年間の罪を反省し神に赦しを乞う日。断食して宗教戒律を守り、身を清らかに保つ）に入る夕べだった。近くのユダヤ教会堂に祈りに行ったが、会堂に入るのは成人式《バル・ミツヴァ》（男子は十三歳で祝う）以来だったし、贖罪日《しょくざいび》に断食するのは子どもの頃以来だった。祈禱《きとう》で気持ちがほんわりと和《やわ》らぎ、外に出ると爽《さわ》やかな風が吹いていた。男たちは街灯の下でおしゃべりし、そのそばで女たちが、子どもたちが騒ぎ立てないように見守って、いかにもヨム・キプールらしかった。彼は通りを歩いた。小脇に祈禱書の入った青絹の袋を抱えて小刻みな足取りで、数歩ごとに「ハティマ・トバ（良い審判を、という贖罪日前のきまりの挨拶）」、「ハティマ・トバ」と挨拶《あいさつ》をかわしながら家路を急ぐ人々がいた。たとえようのない恵みの雰囲気に満ちて、人々は当然のようにそれを受け入れていた。ダニーは泣きたいような浮揚感をおぼえた。兵役を終えてもう二年だというのに、こんなに慈《いつく》しみに満ちた思いを味わったことはなかった。会堂から遠ざかるにつれて人の数は減っていき、通りは自転車に乗った子どもたちでいっぱいになり、カフェの椅子《いす》に腰をおろして人々が声高に政治を論じ、子どもの群れが通りを駆けまわっていた。恵みの雰囲気は消えた。にわかに疲れをおぼえて、ダニーは歩道の端のベンチまで身体《からだ》を引きずって、ひと息ついた。

少し離れたベンチに娘が一人、うつむいて座っていた。娘が顔をあげると街灯の光があたった。

「ミハル」と声をかけると、娘はうろたえた。

こっちを見ているが、近づくまで気づかないようだった。

「ぼくだよ、ダニーだ」

街灯の光のなかで不安げな表情が笑《え》みに変わった。胸を打つほどのいきなりの表情の変化はやさしくて甘やかだった。何年もたってから、ダニーは気取られないように彼女を見つめては、あの瞬間の、笑みを浮かべたまなざしをとらえようとしたものだ。

二人は、礼儀正しく握手した。ダニーはミハルのそばに腰をおろした。

元気？

元気だった？

兵役終えてから、どうしてた？

ずいぶん会わなかったね。

ほんと、ずいぶんたつわね。

軍隊じゃ、ぜんぜん違って見えた。彼女に会いに事務室にコーヒーを飲みに立ち寄って一緒の当番になるように細工したり、昼休みには彼女の方からときどき会いに来て戦車の上にのぼったり、人生を語り合ったりしたのに、どうしたわけか、除隊後は一度も会うことがなかった。

二人は再会を喜び、ダニーは、「こんなとこに座りこんで、どうしたんだよ」と聞いた。彼女は、家主と喧嘩《けんか》して、二週間以内にアパートを出なくちゃならないの、と言った。電気を切られたし、ガスも切られたから、あんまりうちに戻りたくなくて。

じゃ、うちにおいでよ。明日には携帯ガスボンベを持ってってやるからさ、と言うと、彼女は笑って、だけどヨム・キプールでしょと言い、ダニーは、そうだった、ヨム・キプールだと気がついたが、彼女があまりにうれしそうだったので、もうあとには引けない気がした。二人はダニーの家に向かった。途中で、ミハルに聞かれた。

「ヨム・キプールには断食するの？」

「ああ」

断食する、とユダヤ教会堂で誓いたかったのに口にはしなかった。家に着き、階段口で彼女が明かりをつけると、どうしても言っておかなければならなくなった。

「ねえ、ぼくはヨム・キプールの戒律《ミツヴァ》を守るつもりだ。つまり、ぼくは断食して会堂に行く」

彼女は戸惑ったように彼を見つめた。

「つまり、君は好きにしてくれててかまわないけど、ヨム・キプールだからぼくは調理ができないし、明かりもつけられない、何もできない」

「わたし、邪魔するつもりじゃ……」ミハルがそう言いかけるのを、ダニーは押しとどめた。

「いや、そうじゃない。とんでもない。なんていうか、それってつまり、ぼくだけの問題で、君はちっとも邪魔じゃないんだ。ぼくは、ヨム・キプールの戒律を守って断食して祈禱するって決めただけのことで、君がいてくれるとうれしい。少なくとも、話し相手がいるってことだし、ヨム・キプールに一人っていうのは、いやだしね。ほんとだ。ほんとだよ」

彼女はじっと見つめた。

「嘘《うそ》じゃないよ」

「わかったわ。信じる」ミハルは言った。

リビングに案内し、ダニーがひじ掛け椅子に座ると、彼女は向かいのソファの端に腰をおろした。キッチンから蛍光灯の白い明かりが月の光のように届いて、明るい影を落とした。なんとなく気まずい沈黙だった。ヨム・キプールの通常より厳しい戒律を守ることに、彼女はびっくりしている。なんと言っていいかわからないらしい。どうしたのかしら、この人、ガチガチの宗教人になるつもりかしら、と思っているようだ。ダニーには彼女の当惑がわかったが、説明するのは無理だった。少なくとも、いま現在は。黙って座っているのに堪《た》えられなくなってか、彼女が口をひらいた。

「除隊してからのこと、話すわね」

以下はその話だ。

ミハルは、除隊してから外国に行きたかったが資金がなかった。一年ばかり旅行会社で事務をしたが、たいした収入でなかったので、四か月ほど外国を旅してスッカラカンになって帰国した。人生に勝とうとしている二十二歳の若い娘はわけなく打ちひしがれ、両親は娘を大学に入れようとした。逃げたかったが、どこにも行く当てはなかった。決断せざるを得なかった。彼女は自分に言い聞かせた。大学に行こう、もしかしたら、いま知らないことを一年後には知るかもしれないもの、と。胸のうちに燃えるものがあったが、彼女はそれを小さな火にとどめて守った。学期が始まるまで五か月あったので、お金を貯《た》めることにして、夜、家の近くのパブでバイトをはじめた。

パブには若い男たちが群れていた。除隊して一か月目の男たちだった。彼らは、毎晩やって来て大声で笑い、ビール二本で酔おうとした。彼らの一人が彼女に恋をした。メイールという名の内気な男で、一度も、たとえ冗談まかせにでも彼女を引っかけようとはしなかったが、彼女が近づくと声を高くしたり、ジョークを飛ばしたりして、彼女の目にグループのリーダー格として映ろうとした。ときおり、こっそり彼女を見つめた。数か月たつと若者たちは散りぢりになったが、メイールだけは毎晩のように来た。やって来ては一人で座り、ビールを注文し、煙草《たばこ》をふかし、ときどき、ついでみたいに彼女の注意を引いて笑わせようとした。彼女が見ていないとわかると、バーの後方の大きな鏡面に映る彼女を見つめた。もちろん彼女にはわかっていた。それで、ときおり目をあげると、メイールはもの思いにふけっているふりをしたり、鏡をじっと見つめたりするのだった。

ある日、メイールはサッカーくじのトトに当たった。どのくらい当たったのか彼女は知らなかった。パブでの話だと一等ではなかったが、それでも相当な額になるらしかった。友だちがみんな集まって、祝いの大宴会になった。支払いは彼持ちで、みんなに、もっと飲んでくれ、もっともっと、と熱心にすすめた。レジが大忙しの日だった。それに、初めてメイールがミハルの目をじっと見つめた日でもあった。それから一週間後、メイールはパブを買った。

彼女に近づくためだった。パブを買ったと知らされた瞬間、ひょっとしたら、と彼女は思ったが、女を手に入れるために二万ドル投資する人間なんていない、とミハルは自分に言い聞かせた。彼女は間違っていた。トトに当たった内気な人間には、どんなことだってできてしまう。もちろん、彼の側にとっては愚かな一歩だった。ミハルはほかの、荒々しい何かを探していたし、大学になんか行くな、と言ってくれる人を求めていた。気を引きたがっている、恋する男の子なんかではなかった。彼女によかれと思ってのメイールの行動は度胆《どぎも》を抜くものだったが、どことなく幼稚だった。たぶん、彼女が働いているから、パブを買ったのだろうが、「ミハル、君がほしい」とはっきり言う勇気はなく、かわりに、楽な勤務時間を割り当ててやり、早めに家に帰してやり、「少し、座って休んだら」とか「ウェイトレスは他にもいるんだから」などと言って、それもこれも、彼女が好きだからこその気づかいだった。善意では女は手に入れられない、ということを彼は知らなかった。彼のささやかな媚《こび》を求愛と呼ぶとして、彼女はそれに応えなかった。

彼にはヨシという名の、いくつか年長の友だちがいた。ヨシはときおり現れては、バーの止まり木に腰掛けていろんな話をした。肩幅の広い、酒好きでエネルギッシュな男で、世界を放浪してまわったことや、つき合った女たちのこと、ここ数年の変わった手口の稼ぎ方などを話すのだった。ミハルがヨシの話を聞くのが好きだと知ると、メイールはバーに寄ってくれとしつこくヨシを誘い、酒代をタダにした。ときには明け方近くまで三人だけで話し込むこともあった。ヨシがさよならを言って帰っていくと、「タクシーを呼ぼうか」とか「疲れたかい」と言いながら、ミハルの額《ひたい》の髪をかきあげてやるチャンスがメイールにめぐってきたりした。

ある夜、最後の客がとっくに帰ってしまったあとだったが、三人だけで飲んでいて、ミハルがヨシに聞いた。

「いったいどうして、放浪なんかはじめたの？」

「放浪か？　放浪なのかな？」ヨシは言った。「そんなつもりじゃなかった。ちょっと金でも稼ごうかってつもりで旅に出た。何ていうのかな。それが、転がってったんだ」

「で、最初はどんなふうに？」

「ああ、それだけど、それこそ、ちょっとした話だよ。九年か十年前、兵役を終えたとこからはじまるんだが、ニューヨークの叔父貴《おじき》を訪ねて行ったんだ。ちょっと旅して、ちょっと稼ごうって思った。一か月旅をして、ニューヨークの叔父貴の家に着いたときにはスカンピンだった。で、叔父貴に言ったんだ、おじさん、助けてくれって。ところで、この叔父貴はいろんなことを、ちょっと衣料品とか、ちょっと食べ物とか、ボクサーのマネージャーみたいなこともちょっとやってて、チャーリー・スミスってボクサーを育てていた。

ミドル級のボクサーで、格別にすごい奴じゃなかったが、十年ぐらいはリングに上がってたそうだ。叔父貴はなんとかなるんじゃないかって踏んで、そいつが二十二歳のときにひろって十年間アメリカじゅうを巡業させたが、成果はゼロ。それでも、その都度《つど》、いい線までいくんだ。二度コンテンダー決定戦に出た。それに勝つとタイトル戦に出られるんだけど、一度も勝たなかった。

ところが、おれが行く二週間前に、なんかの試合中に倒れて、リングの上で脳震盪《のうしんとう》を起こした。意識が戻るまで二時間ばかりかかった。いろいろ検査した結果、医者に、ボクサー人生はおしまいだ、と宣告された。叔父貴はえらく腹を立てたが、どうしようもない。それで叔父貴は、チャーリーのためにパーティを開いてやり、チャーリーの故郷の町、南部のルイジアナ州にあるラファイエットまで車を仕立てて送ってやろうって考えついたんだな。車の走り具合によるけど、二日か二日半はかかる。叔父貴はおれに、おまえがチャーリーを車で運んでくれ、その後はニューヨークへの帰り道の旅を楽しんで、ついでに何ドルか稼いでみたらいいって言ってくれたのさ。

もちろん、おれは承知した。叔父貴はチャーリーが堂々と故郷の町に帰れるようにって黒のメルセデスを借りてくれ、おれたちは出発した。おれが運転して、後ろの席にはチャーリーと彼のガールフレンド、上背《うわぜい》のある痩《や》せた、えらく美人の黒人の女が乗ってた。チャーリーの背が低く見えるくらい背の高い女だった。車を走らせはじめて二日目の夜、ヴァージニア州のピータースバーグに泊まることになった。そこにガールフレンドの家があって、彼女が両親とか家族やみんなに会いたがったんだ。ニューヨークに行って以来十三年間、会ってなかったんだな。

それでさ、彼女はこのボクサー、チャーリー・スミスと、九年か十年も一緒にいたってのに、急に、ピータースバーグであたしは降りる、あんたたちはそのまま旅を続けてかまわない、あんたとはもう終わり、って言いだしたんだ。つまりだ、おれにはとっぴな話だったが、チャーリーはあわてたふうじゃなかったから、どうも、前にも言われてたんだな。彼女をじっと見つめて、なんでかな、黙ってた。最初の日、彼女は一日じゅう、あたしの人生は台無し、あんたのせいであたしの人生の一番いいときを無駄にしちまった、もう誰もあたしを欲しがっちゃくれない、とかそんなことばっかり言っていた。だけど、チャーリーは黙ったまま何も言わなかった。それで、彼女は泣いた、なんとかなると思ってたのに、チャンピオンになるって言ってたじゃないの、なのに、一文無しでボクシングはできないし、手に職を持っちゃいないし、おまけに、ほら、あのボクサー、名前を忘れちゃったけど、あのボクサーみたいに、もうちょっとで記憶喪失になりそうなぐらいに頭を殴られちゃって、なんて愚痴を言いっぱなしなんだ。チャーリーは黙ったままだった。なあ、チャーリーがどんなにつらい思いでいるか、見ればすぐわかるのに、あの女、ほんとのことなんか言うんだぜ。だけど、チャーリーは何も言わなかった。

そうやって、ホテルに着いて、ひと晩泊まり、つぎの日はまた同じで、女はぐちぐち言いだした。そしたら、いきなりチャーリーが『なあ、行かないでくれ。いま、オレを置いて行かないでくれ、こんなふうには』って言いだしたんだ。君が必要だって、必死に頼んだんだよ。いや、あたしはピーターズバーグで降りる、あんた、あたしの人生をメチャメチャにしちゃったじゃないって女は言い募った。彼は説得なんかしなかった。ただ、『なあ、行かないでくれ、ずっとそばにいてくれたじゃないか、いま、オレを見捨てるなんてできっこないよ』って言うきりなんだ。あんたといる理由をひとつでいいから言ってみてよ、って女は言った。チャーリーは言えなかった。ただ、ベイビー、ベイビー、ベイビー、ベイビー、ドント・リーブ・ミーって言うだけだ。だけど、そんなこと言っても、なんの足しにもならなかった。彼女はヴァージニアで降り、オレたちはそのまま旅を続け、道中ずっと、チャーリーはひとことも口をきかなかった。つぎの日、彼の生まれ故郷のラファイエットっていうルイジアナ州の町に入ると、チャーリーは、どっか、実家の近くじゃない場所に車を停めさせ、タクシー乗り場に行って一台頼むと、そっちのトランクにスーツケースやなんかを全部入れてから、おれのとこに来た。チャーリーの奴、おれにチップを寄こそうとしてさ。おれはほしくなかった。なんか、可哀想《かわいそう》だった。だけど、いらないなんて言えなかった。言えば傷つくだろうから。チャーリーはチップに二十ドルくれて、おれの肩を叩《たた》いて言った。『ありがとう。君は賢い、オレにはわかるんだ。ひとことも口をはさまなかったからな』そう、たしかに旅のあいだ、おれはひとことも口をはさまなかった。だって、おれに何が言える。チャーリーはルイジアナのどっかの汚ねえ穴から出て来た、頭をさんざんぶん殴られて人生を台無しにした三十いくつかの黒人、おれはイスラエルからやって来た若い男で、チャーリーの人生物語とは掛けはなれ過ぎてる。だから、何も言えなかった。すべてうまくいくよう願ってる、とだけおれは言った。そしたらうなずいて、もちろん、もちろんだよ、って言って立ち去った。それだけだった。

そのあと、おれはメルセデスでフロリダに出て、東海岸をずっと旅してニューヨークに戻り、金を使い果たした。そんな具合に、世界を放浪してきたんだ」

話し終えるとヨシは黙り込んだ。ミハルとメイールは彼をじっと見つめ、何も言わなかった。ヨシはグラスに残った酒をあおると笑みを浮かべ、もう遅いな、と言った。送ろうか、とミハルに声をかけ、彼女はついていった。外に出たミハルは、メイールが焦がれるように見つめているのを、ヨシの話のせいでチャンスをまた逃した自分自身に憤っているのを見逃さなかった。

そうやって、パブでの最後の一か月が過ぎていった。その一か月、メイールは、時間がもうない、早くしないと大学に彼女を取られてしまう、と焦りだし、一歩を踏み出そうと毎日のように決心し直すのが、ミハルにはよくわかった。だが、メイールは踏み出さなかった。ミハルは親密な雰囲気になるのを避け、メイールはといえば彼女をバーの片すみに連れていって二人きりになる勇気がなかった。とうとう、最後の日になった。その夜、パブはごった返し、メイールには彼女と口をきく暇さえなかった。ミハルは、その夜の終わりに向けメイールが心の準備をしているのを、目のすみで確認していた。今日は、愛してるって言うにちがいないと思った。断らなければならないと思うと緊張し、いらいらした。今日という日が、もう過去になってほしいと思った。

突然ドアが開いて、ヨシと、その後ろに四十歳過ぎに見える、肩幅が広くてタッパのある黒人が入ってきた。あの人だ、ミハルは直感した。例のボクサー、チャーリー・スミス、その人に違いない。ヨシが空いたテーブルに案内した。その瞬間に、そのテーブルはその夜の中心になった。ウェイトレスたちがボクサーを取り巻き、止まり木の客たちはちらちらと盗み見た。黒人はのっそりした肥満体で、ドラッグをやっているのか目は虚《うつ》ろで光がなく、肩が落ちている。だが、表情はずいぶんとやわらかでやさしくて、ミハルは目をそらせなかった。それに気づいたメイールは、それから数分後、今夜はもう彼女に愛しているとは言えない、と悟った。彼はバーの奥に腰を落ち着けて飲みだした。

しばらくして人が少しひけると、ヨシが英語で話しかけた。

「メイール、紹介するよ、チャーリーだ。彼のことを話したの、おぼえてるだろ。ボクサーで、いま、イスラエルに何週間かの予定で来てるんだ。チャーリー、メイールだよ」

チャーリーは目をあげた。自分がどう振る舞うべきか理解するまで時間がかかった。それから頭を縦にふった。メイールは、ウィスキーをボトル半分あける以前に負けを悟ったように、バーの奥からヘブライ語でヨシに言った。

「ボクサーみたいには見えないね」

ヨシがあわてて言った。「まあな、頭を殴られてるからな、そのせいだ」

チャーリー・スミスが聞いた。「何て言った？」

「いや、何も」ヨシが言った。「何でもないよ」

「ノー、ノー」チャーリーは言った。「何て言ったんだ？　何て？」

「何にもだよ。あんたとは関係ないことだ」

チャーリー・スミスは頭をふった。「何て言ったのか、オレにはわかる」

「なあ」ヨシは言った。「あんたは、あんまりボクサーみたいには見えないって。だけど、ここの連中なんて、ボクシングのことなんて何もわかっちゃいない」

「ボクサーには見えない、はあ」チャーリーが言った。

「気にするな。つまらんことさ。ここの連中なんて、中国人がポートボールを知ってるぐらいにしかボクシングのことをわかってないんだから」

「賞金とる奴にゃ見えねえ《ドント・ルック・ライク・ノー・プライズ・ファイター》」チャーリー・スミスは言った。

「チャーリー、チャーリー、ほっとけ。飲めよ。かまわんから飲め。そんなの気にするな。気にするだけ無駄だよ」

「ボクサーには見えない」チャーリーはそう言って頭をふった。

そんな調子が続いて、やっと落ち着くと、また飲んだ。閉店時間近くになって、店はだんだん空いてきた。ミハルはレジの勘定をはじめ、メイールはアルコールのカーテン越しにミハルを見つめ、そんな彼女を眺《なが》められるのも今日で終わりだと思っていた。それに、彼のそんな思いなんて彼女にとってはどうでもいいということも、わかっていた。ヨシとチャーリー・スミスが勘定をしに立ちあがった。ヨシが金を出すと、チャーリーが手を置いて、「いや、オレがもつ」と言った。つべこべ言わさない、きっぱりした口調だった。チャーリーはバーの奥で身体を揺らしているメイールに英語で聞いた。

「いくらだ？」

メイールは彼に目をやり、ヨシに目をやった。ヨシが肩をすくめて、「言ってくれ」と言った。

「十五ドル」

チャーリー・スミスはポケットから二十ドル札を出してカウンターに置いた。それから息を深く吸い込み、ゆっくりと吐きだした。

「ボクサーには見えないってか、はあっ？」そう言い、ぐっと身を引くと、左手をあげ、メイールの顔を力まかせに殴った。メイールはバーの後ろの鏡面までぶっ飛び、瓶《びん》が並んだ棚に引っかかって、瓶を飛ばしながら崩れ落ちた。チャーリー・スミスは肩を落として黙り込んだ。もう誰にも目をやらなかった。

一瞬後、バーに残っていた連中は慌てふためいた。ヨシは倒れそうなチャーリーを抱え込み、ミハルはメイールのそばに駆け寄った。

「大丈夫、大丈夫だ」メイールは立ちあがると鼻に触った。服に血が滴り落ちた。

「警察を呼びますか?」ウェイトレスの一人が聞いた。

「いや、いい」メイールが言った。「大丈夫だ。ぼくのせいなんだ。もう、みんな帰っていいよ」それから、あたりの様子に何の反応も見せずにうなだれて立つチャーリーとヨシの方を向いた。

「ヨシ、連れてってくれ。大丈夫だから、いいから」

二人は出ていった。かつてのボクサー、チャーリー・スミスをヨシが支えていた。メイールはあたりを見まわした。鼻から血が流れ、バーはメチャメチャに壊され、頭は割れるように痛かったが、メイールはいい気分だった。この一発を、ずっと、いままで待っていたみたいな気分だった。

「オーケー」と言った。「閉店だ。みんな、お疲れさん」

もう一人のウェイトレスがバッグを抱えて帰っていった。皿洗いをしているアラブの少年が瓶のかけらを集めだした。大きなごみ箱にガラスの破片を入れながら、少年は、

「ほんと、警察なしの方がずっといいですよね」と、メイールに言った。

「ああ」メイールは言い、ミハルを見た。互いに見つめあった。

「君、帰っていいよ」メイールは言った。

「大丈夫ですか？」

「ああ、ぼくは大丈夫だ」視線を彼女からはずさなかった。

「じゃ」ミハルは言った。「帰ります。さようなら」

「さよなら、ミハル。がんばれよ」

彼女は向きを変えてパブを出、それ以後、彼と会うことはなかった。


それが、ヨム・キプールの晩、ダニーの家でミハルが話した物語だった。沈黙が訪れるのを恐れて、ミハルはしゃべり続け、ダニーは話に魅せられて、割って入らなかった。ミハルの話が、すぐ近くで、隣の部屋で起きていることのような気がした。話が進むにつれて虜《とりこ》になった。話そのものというより、彼女の声、彼女の匂い、話の合間に、ねえ、そんな妙なことってある、というふうにびっくりしたような笑みを浮かべ、手を広げて見せるしぐさの虜になって彼はふるえ、話が終わると、ミハルが醸《かも》しだした雰囲気に呑《の》まれた。

彼は、ちょっとごめん、と言ってトイレに入り、便座に腰をおろしてうしろに寄りかかった。喉《のど》が彼女の匂いでいっぱいで、息をすると、そのたびに胸のずっと奥深いところが匂いに刺されるようだった。身体が目覚めるのを感じて、ズボンをひっぱってふくらみを隠そうとした。何してるんだ、贖罪の日なんだぞ、と自分を戒めるように呟《つぶや》いて水を流した。

ここで、何してるんだ。それから、彼女のところに戻った。

彼女はベッドのすみで、膝《ひざ》に肘《ひじ》をのせ、頬杖《ほおづえ》をついた恰好《かっこう》で落ち着かなげに座っていた。ダニーは彼女のそばの絨緞《じゅうたん》の上に座って煙草をさがした。

「電気はつけないけど、煙草は吸うの？」ミハルが聞いた。

心臓がとびあがった。「いや、忘れてた。慣れてないものだから」

「いつから、こんなこと始めたの？」

「こんなこと？」聞き返したが、彼女が言わんとしていることはわかっていた。

「戒律を守るってこと。軍隊にいたとき、一緒にヨム・キプールを過ごしたのをおぼえてるけど、断食しなかったでしょ」

「ああ」そう言い、弁解がましく手を広げた。「ヨム・キプールには戒律をちゃんと守った方がいいから」

ミハルは、彼が言葉をにごして目を避けるのを感じた。そんなやりとりに困惑して、ダニーの身体のふくらみが引いていった。

「君が思ってるのとは違うんだ。宗教を守るっていうより、自分のために必要なんだ。それに、やるんだったら完璧《かんぺき》にした方がいいと思ってさ」

彼女は煙草の箱を見ていたが、ふと気がついて手を引っ込めた。二人は黙り込んだ。沈黙に堪えきれなくなって、数秒後に二人は目を合わせると、緊張がはじけて吹きだした。

「ほかの女の子たちには、ときには何か飲みものをあげるんでしょうね」ミハルが言った。

彼は途方に暮れたように笑い、また黙り込んだ。言葉が宙に舞って消えていった。何年もたってから、彼は、あれは無理やり押しつけられたような逃避だった、逃避だったからこそ魔力が生まれた、ヨム・キプールでなかったら、ああはならなかった、と幾度となく考えた。きっと一緒に寝て翌朝には別れたろうし、煙草を吸ってコーヒーを飲んだら、口にしなかった言葉は沈んで、すべてが終わっていたかもしれない。だが、あんなふうに、互いに触れ合うこともかなわず、逃げるわけにもいかず、一緒に寝てはだめ、部屋のすみに行って煙草を吸って気分を落ち着けることもできない、という緊迫した状態で、向き合ったまま、ひと晩じゅう金縛りにあったみたいに座っていたのだ。

彼女はソファを降り、絨緞の彼のそばに座り込んだ。息をすると、胸が彼の腕に触れそうだった。

ミハルが言った。「除隊後はどうしてたの？　話してよ」

「たいしたことはなかった」そう言って、腕をずらした。「半年、親父の工場で働いた。

親父は小規模のシャツ工場をもってるんだ。いつか、話したよね」

「ええ、おぼえてる」

「そこで少し働いた。親父はぼくと仕事をしたがったが、うまくいかなかった。その後、エルサレムの叔父のところで過ごした。ヘブライ大学で歴史の教授をしている叔父の引っ越しを手伝い、しばらくは叔父の家にこもって本を読んでた。生化学を勉強したかったが、一年無駄にした。それで、ここに戻って、ちょっと使い走りなんかして金を貯めてたんだ。高等学校卒業資格《バグルート》試験の点数を上げる必要もあったしね。あんまりいい点数じゃなかったから」

「いい点数じゃなかったの？」ミハルは笑った。

「うん」笑った。「生化学の方に進むにはね」

「で、それから？」

「大学入学手続きをすました。ぼくも、これから大学生なんだ」

彼女は手を叩いた。「すてきじゃない。二人とも大学生なんて」

彼がうなずき、また、沈黙が落ちた。

彼女はソファにもたれ、目をつむってあくびをし、そのまま目を閉じた。彼はじっと見つめた。閉じたまぶたが子宮に見えて、息が詰まった。彼女は目を開け、じっと見つめられていたのを知ってうろたえた。沈黙はいまやベルベットのようにおだやかだった。

「ねえ」と、彼女は聞き取れないほどのかすれ声で言い、手を伸ばして彼の頰《ほお》に触れた。頰が焼けるような気がした。二人の間にうっとりする甘い欲望が満ちた。動けなかった。彼女の方へも、彼女の方からも。そして、「ぼく、だめだ」と、とうとう言った。

まだ、頰に手はあったが、もう前と同じではなかった。冷たくあしらわれたのか、愛されているのか、彼女にはわからなかった。

「ヨム・キプールだから」と言った。ほとんど哀願だった。

彼女は手を引っ込めた。そして、彼を凝視した。彼の目には、屈しまいとする心の絶叫が宿っていた。

「ミハル、ミハル」両手を彼女の顔の方にさしのばし、触れないようにくるんだ。「頼むから行かないでくれ」

「いまさら、どこに行くっていうの？」

「いや、つまり」そう言い、唾《つば》を飲み込んだ。「だいたい、なんていうかヨム・キプールで、ぼく、だめなんだ」

彼女は肩をすくめた。

彼女を失う、そう思った。なんてことだ、彼女を失《な》くしそうだ。なのに、何もできなかった。戸惑い、黙り込んで足もとを見つめている彼女を見やって言葉を失った。

「ミハル」やさしく言って、立ちあがった。「ベッドをつくってあげよう」

ダニーは神に奉仕するように、ベッドを丁寧に整えた。アイロンのかかった白いシーツは、いい匂いがした。その上に、彼女は横たわるのだ。

「これで、よし」そう言って、背を伸ばした。「おやすみ」

「おやすみなさい。ありがとう」彼女は彼を見なかった。

胸破れて、彼はリビングに戻った。深く息を吸って、腰をおろした。彼女を失ってしまう、そう思った。何てことだ、彼女を失くしそうだ。横になると、小さく言った。なあ、行かないでくれ、どうか、お願いだ、行かないでくれ。彼女を失くしてしまう、と思った。彼は、隣の部屋で横になった女性が、それまでに味わったことのない胸の高鳴りをおぼえ、心地《ここち》よい驚きにひたっているのを知らなかった。

彼女に会わなかったらどうしていただろう、一生かかっても、愛を捧げられる人を見つけられなかったかもしれない、と病院のベンチで思いに沈んだ。幼い頃から少年期まで、いつも、愛される以上に愛してきた自分がいた。子どもからでも大人からでも好意を示されると感激し、最後にはいつも落胆した。そのうちだんだん慎重になり、うちに仕舞い込まれた愛情はどんどん大きくなり、ついには胸のうちで発酵《はっこう》して腐ってしまい、持ち前のやさしさは悲しみにかわり、跳ねることも、叫ぶことも、酔いしれることもなく、誰かに触れようとしてはいつも、気をつけろ、裏切られないようにしろ、いつだって愛される以上に愛し過ぎてしまうのだから、と自らを戒めてきたのだった。

そして、ミハルはリボンで飾られた爆薬の包みみたいな、雄叫《おたけ》びをあげる彼の愛を受け止めた。彼はかつてないほど愛した。驚いたことに彼女は彼のものだった。彼女との甘い夜々は、彼の背筋をしゃんと伸ばし、しあわせにし、自信を与え、夜になると彼女のもとに戻って一日のあいだにたまった愛情を彼女に注いだ。

ミハルはそれまでに何人もの男とつき合い、セックスについては本にも書いてないことまで知っていた。彼女は一日じゅう、彼を誘惑できる一瞬を待ち望み、彼の目に浮かぶ表情を、君が美し過ぎて何も言えない、君しかいない、と語りかけるまなざしを待った。彼女は、愛されるたびに顔を染めておののいた。なんと見事な神の摂理だろう、と彼は思った。ぼくは一人の女の男になるべくして生まれ、すでに十五歳で男たちに追いまわされてきた彼女がセックスとは何かを知るには、ぼくの目を、ぼくの目の真剣な真心を見なければならなかったのだ。

彼は顔をあげた。大きな待合室はほとんど空っぽだった。向かいのベンチにいた女の子の姿はもうなかった。時計をのぞくと午後三時十五分だった。妻は手術室に五時間以上いることになる。虚《むな》しかった。時が過ぎ、何も起きなかった。

三十分ぐらいたって、待合室に手術医が入ってきた。朝、手術室に入ったと告げた看護師も一緒で、看護師がダニーの方にうなずいて、医者に何か言った。二人がそばに来た。

「レヴィさんですか?」医者が聞いた。疲労困憊《こんぱい》しているようだった。

「はい」ダニーは言った。

「奥さんの手術は終わりました。意識が回復するまで時間がかかります」

「会えますか?」

医者は彼を見つめた。「ええ、会えます。こちらに、どうぞ」医者のあとについて待合室を出、〈覚醒《かくせい》〉と記されたドアの前で立ち止まった。

「ちょっと、こちらへ」そう言って、医者がわきに呼んだ。「奥さんの様子にあわてたりしないでください、いいですね、まだ意識が混濁《こんだく》しています」そう言って深呼吸した。

「複雑な手術でした。内出血していたので止血に大分時間がかかってしまい、ある段階で呼吸が停止したので蘇生させました。出血多量だったので間断なく輸血しました。いまのところ奥さんには生命維持装置がついていますが、びっくりしないでください」

「どういうことです？　何なんですか？」

「奥さんにお会いになったあとで説明しましょう。ちょっと片づけに上に行きますが、数分で、戻ってきますから」

「どういうことなんです？」ダニーは聞いた。「どうしたんですか、えっ？　妻の容態はどうなんです？」

「いまは、落ち着いています。昏睡《こんすい》状態で生命維持装置につながれていますが、よくなることを願っています。さあ、お会いになって」

医者はドアを開けると手をダニーの肩に置き、いくつも並んだ部屋のひとつに連れていった。閉まっているドアを医者が開けた。ベッドが四つあって、そのひとつに妻は横たわっていた。器具や衝立《ついたて》、輸血装置やいろんなものに取り囲まれて、ミハルは目をつむっていた。ダニーは呆然と立ちすくんだ。

医者は、「上に行きますが、数分で戻ります」と言って立ち去った。ダニーはその場に立ちつくして、彼女を見つめた。ずいぶんたってから、膝ががくがくと震えだしたので腰をおろした。医者が戻って来た。

「レヴィさん」医者が肩に触れた。「ここにいてもしようがありません。回復まで数日かかります。奥さんが麻酔から醒《さ》めるのは、一番早く見積もっても明朝です。あなたに倒れられたら、われわれも困ります」そう言って笑いかけた。それから、真面目な口調で言った。「この先は長いので、しっかりしていただかないと。家に帰って、シャワーでも浴びて、ひと休みなさってください。明朝、話し合いましょう」

ダニーは返事しなかった。医者は彼を見やり、それから挨拶がわりに頭を下げると部屋を出ていった。ダニーはそのまま座り込んでいたが、しばらくして、ふっと我に返った。立ちあがってあたりを見まわした。部屋を出て、看護師に医者はどこにいるか聞いた。「帰りました」と看護師が言った。「明朝、出てまいります」

どうしようもなかったので、病院を出て家に戻った。道は豪雨のせいでぬかるんでいた。彼は車を停め、そのまま車のなかにいた。いつだったかの夜、ミハルがことのあと、互いの腕のなかでくつろいでいるときに言った言葉を思いだした。わたしたち気をつけなくちゃね、こんなふうに、ずっと続くはずがないんだから。ね、わかるでしょ、誰一人、こんなふうに、わたしたちみたいにしあわせになれないし、こんな幸《さいわ》いも長くは続かないの、と言い、君は信心が浅いねえ、とダニーは笑い飛ばしたのだった。

彼女は言った。ねえ、聞いて、好きなだけ笑っていいのよ。でもわたしにはわかる。たとえばね、胸が潰《つぶ》れるほどの打撃を受けた人は赤信号でも道を渡れる。何も起きない。だって、赤信号分の打撃はもう受けちゃってるから。でも、わたしたちみたいに幸運な人間は、精いっぱい気をつけて、青信号のときでもあたりをよく見まわさないといけないの。歩道を歩いていても、左右に目をやらないといけないし、黒猫が通ったら唾を吐いて、木を三回叩かないとだめ。世の中にはバランスってものがあるのよ。傷心は自然の法則にかなっているけど、わたしたちはその法則に反してるの。気をつけてね。いいこと、気をつけてちょうだいね。わたし、お風呂に入るときは浮き輪をつけなくちゃ。

奈落に落ちたように、こころが重かった。車を出て、ゆっくり階段をのぼってドアを開け、なかに入った。娘は両親の家にいるので、家は空っぽだった。玄関のドアを閉め、寝室に入ってダブルベッドに腰をおろした。光を見つめて長いこと思いに沈んだ。

ふいに涙が込みあげてきて、彼は泣きだした。涙が頬を流れた。泣くのは子どもの頃以来初めてというふうに泣きじゃくり、小さな声で、なあ、行かないでくれ、置いて行かないでくれ、と言っては泣いた。喉がからからに渇いたが、それでも泣き、むせび、最後には吐きそうになったが、神さま、お慈悲を、神さま、どうかお慈悲を、お慈悲をかけてくださいい、憐《あわ》れみをかけてくださいい、と言いながら泣いた。そして、疲れ果ててベッドに倒れ込んだ。頭は空っぽで、魂は粉微塵《こなみじん》だった。うずくまったまま、身動きもせず、時が過ぎるのも感じなかった。

ふいに、夢のなかでのように、自分の人生が苦く甘く、はっきりと鋭く見え、天使の声が聞こえた。おまえが泣くまでずいぶんと待ったが、とうとう、と天使たちは言い、彼の人生はこの瞬間に泣くためにあったみたいに天使たちは彼の涙を集め、集めた涙を箱に入れ、天にあいた穴を埋めて直すかのように、どこかに箱を運んでいった。それから天使たちは、いまは泣いてはいけない、すべて過ぎた、彼女に会いたいか、と聞いた。彼が、はい、と言うと、天使たちは彼を運んで彼女を見せてくれた。彼女は死んでいて、美しく、そしてもう、彼のものではなかった。彼が見つめていると、天使たちも彼女も消えた。目を開けると寝室にいて、ミハルが逝《い》ったのがわかった。ベッドの上のシーツは一か月前に買った新しいもので、ベッドに敷《し》くのはこれが初めてだった。ミハルに、入院している間はシーツを替えないで、と頼まれていた。彼女のつまらない迷信は好きではなかったが、頼みはきいて守った。だが、そのあとシーツは汚れて感じが悪くなりだし、夏だったからベッドで彼は汗をかき、シーツを替えたのだ。新しいシーツはまぶしく清潔で、ミハルはまだ一度もその上に横になっていなかったので、シーツには彼女の匂いがなく、彼女の身体の線も刻まれていなかった。小さなベッドサイドテーブルの上の電話が鳴った。受話器を取る前に、病院からだ、とわかった。

# もうひとつのラブストーリー

## 1　二〇四八年建国記念日の一か月前

ワイツマン科学研究所の所長は深呼吸し、ヒトラーの背中に隠されたスイッチを押した。

ヒトラーはまばたきした。さらにもう一度。それから目を開けて、あたりを見渡した。

しばし沈黙が流れたあと、ヒトラーはドイツ語で言った。「エヴァはどこだ？　なぜ私は地下壕にいない？　君たちは誰だ？　ここはどこだ？　いったいなぜ、外はこんなに明るい？　天の神《ゴット・イム・ヒメル》よ、太陽が眩《まぶ》しい」

そして黙り込んだ。ワイツマン科学研究所の所長は振り返って秘書に言った。「首相に、ヒトラーが作動したと伝えなさい」

## 2　百周年記念キャンペーン

その頃、首相は上《うわ》の空だった。

イスラエル建国百周年記念日は一か月後に迫っていたが、国民の結束力はなく、国内は目も当てられない状況だった。パレスチナと最終合意に至る寸前までいき、テロ攻撃は三か月もなく、イスラエルはここぞとばかりにレバノンへ侵攻、撤退すればアメリカがただちに国交を回復すると約束し、一週間前には「殉教《じゅんきょう》作戦」と銘打《めいう》った軍事作戦で（新聞では「聖バルフ・ゴールドシュタイン[*1]の墓奪還作戦」とうたわれた）兵士たちの遺体が壮麗な式典により返還された。それなのに、国民の士気は建国五十周年のヨベルの年（ユダヤ教における五十年に一度の大恩赦の年）ほど高まらなかったのである。

建国百周年記念式典本部では、秘かに会議が開かれていた。首相は言った。「まず、国民の士気の低下は断じて許さん。つぎに、建国記念日当日までに国民の士気を上げろ。何

＊1　アメリカ系イスラエル人の宗教的過激派の医師。一九九四年にヘブロンでアラブ人の大量殺人を行い、その場で殺される。

としても上げるのだ！」

折よく、その日はワイツマン科学研究所の所長がエイズ研究の追加研究費をもらおうと首相のもとを訪れていた。

首相は所長を鼻で笑いそうになったが、ぐっと堪《こら》え、「まず、私は断じて笑っておらん。それから、百周年記念式典にふさわしい発明が君にはないのかね？」と言った。

「発明ですか？」ワイツマン科学研究所の所長は戸惑った様子で言った。「農業研究センターとお話しなさったらどうです？　グレープフルーツ味のオレンジを発明したと聞きました」

「グレープフルーツ味のオレンジか……。グレープフルーツとは違うのか？」首相は混乱した。

「まあ、そんなとこです。いかがでしょう？」

首相は、首相らしくきっぱりと首を横に振った。「却下だ。私が言ってるのは、科学的でイスラエル的な発明、革新的かつ民族のルーツに根ざした発明だ。ひょっとして、ホロコーストにちなんだ発明なんてどうだ？」

「ホロコーストにちなんだ発明ですか？」所長は困惑して言った。

「オウム返しするな！」首相は声をあげた。「ホロコーストの生存者もナチも、もうこの世におらん。国民はとっくに関心を失《な》くしておる」

「何しろ百年前の災難ですから」と所長は言った。

「クソ喰らえ！」首相はやわな拳《こぶし》で机を叩《たた》いた。「今週、妻と暮らす首相公邸に十代の若者たちがやって来た。私は彼らにこう言った。『こわっぱどもよ。イガル・アミール（イスラエルの右翼過激派で、イツハク・ラビン首相を暗殺した人物）の墓がある占領地を明け渡せば、アウシュヴィッツまで国境が後退するぞ！』とな。若者たちはなんて返したと思うかね？」

「ええと……その……」

「比喩を使ったのだ。馬鹿者」首相は葉巻きの先で所長の額《ひたい》をトントンと叩《たた》いた。「『アウシュヴィッツはこの国にありません』と言ったのだ。思い切った喩《たと》えだろう？」

「しかし、首相。事実、アウシュヴィッツは国内にありません」

「……ないのか？」

所長はうなずいた。首相はため息をつき、所長の鼻先でマッチを擦《す》って葉巻きに火をつけた。

「見ろ、まさに由々《ゆゆ》しき事態だ！　ホロコーストの記憶がうすれつつある。一刻も早く手を打たねば！」

そのとき、科学研究所所長と女性だけが持つ第六感で、所長の脳裏にある考えがひらめく。

「アンドロイドを製造するのはどうでしょう?」

## 3　科学的説明

アンドロイドはそれ以前にも存在した。が、テルアビブのカルメル市場の買い物用に設計された、計算が得意なポーター型アンドロイドで、まるで洗濯機が歩いてるみたいだった。世界初のアンドロイドは十年前にマイクロソフト社が発表したが、毎回二言目には「違法な行為が実行されたためプログラムを終了します」と言う始末だった。しかしその間、ワイツマン科学研究所の地下室ではイスラエル最高峰の科学者たちが極秘のうちに史上初のオンライン・アンドロイドの開発に取り組んでいた。マイクロセルとマルチオーガズミック衛星通信を利用し（後者のプログラムの科学的用途は模索中だったが）、史上初のオンライン・アンドロイドがインターネットに接続されたのだ。四六時中インターネットにつながれているおかげで、アンドロイドが多彩な表情を見せ、人類史上最大のデータベースが搭載できた。人類誕生以来の歴史、数学、芸術、哲学を網羅し、パメラ・アンダーソンがフェラチオするビデオが百三十万五十七本収められている。しかも、こうしているうちに五十八本、五十九本……と増えていくのだ。

ホロコーストも記録されている。

ユダヤ人国家の独立も記録済み。

カナンの地を目指して荒れ野で過ごした四十年や、ジェイ・レノが出演した六十年分のテレビ番組。そういったすべてがアンドロイドに収められた。残る課題はアンドロイドの顔をどうするか、という一点だけだった。そして最終的に、ワイツマン科学研究所の所長が、アドルフ・ヒトラーに似せるという名案を思いつく。

ヒトラーに似せたのは顔や口ひげだけではない。性格、経歴、ユダヤ人嫌い、挫折《ざせつ》に終わった画家になる夢、抑圧された性欲なども、そっくりそのままだった。

地下壕で迎えた最期《さいご》の瞬間に至るまで、この男が持つ全記憶をこと細かく再現した。

つまり、ヒトラーのアンドロイドが作動すると、機械が電源に接続される以上の意味を持った。科学者たちはアドルフ・ヒトラーを甦《よみがえ》らせたのだ。イスラエル建国百周年記念式典のテレビ生中継の目玉イベントで、ヒトラーをイスラエル人の面前で処刑するという目的のために。

## 4　ワイズマン研究所の地下室で

「さて、うまくいくか？」と首相は言った。

ヒトラーは興味津々《しんしん》に首相を見た。ヒトラーは立ちあがると、手を差し出した。「はじめまして。アドルフ・ヒトラーと申します」

首相は蛇に嚙《か》まれたような顔で後ずさりした。

「ご心配なく。彼は無害です」とワイツマン科学研究所の所長は言った。

「無害とはどういう意味だ？」首相は言った。「アドルフ・ヒトラーだぞ」

「ごもっとも」所長は肩をすくめた。「だからといって、ロットワイラーとは限りません」

「待て」首相は言った。「なんでヘブライ語を話す？」

「インターネットのおかげです」と所長は説明した。「さあ、ヒトラー、国民的詩人、ビアリクの詩を暗唱してくれ」

ヒトラーは〇・二秒でビアリク・ハウスのウェブサイトをスキャンし、「子どもの復讐《ふくしゅう》は、悪魔でも思いつかない」と、詩人の言葉を引用した。「ツィリとギリは小さな人形。誰もが風に乗り、光に運ばれた……」

「ストップ、もういい」首相はぶつぶつ言った。「ええと……ヒトラーさん、なぜここに来たか、おわかりかな？」

「はい」ヒトラーは真剣な面持ちで言った。「あなたがたの主張はすべて正しい。私の心は全世代のユダヤ人たちと共にあります」

「は？」首相の目が点になった。

所長は首相を隅に引っ張っていって説明した。「ご理解ください。彼はあらゆることを知っているのです。戦後に起こったこと、つまりドイツが破壊しつくされた後のすべてを。今日では、人種差別は科学的なジョークとみなされることも知っています。そして、イスラエルが過去百年間で達成したことを褒《ほ》めたたえています。特に入植地とベイタル・エルサレムＦＣ（反アラブ的性格で知られるイスラエルのサッカークラブチーム）は彼のユダヤ人に対する考えをまるっきり変えました」

「ヒトラーなんだぞ！」首相は憤慨した。「突然、ユダヤ人を好きになっただと？ もう我慢ならん！」

「その……実はもっと驚くことがあります」所長は気まずそうに言った。「彼はいま、狂信的なイスラム教徒は西洋文明を脅かす存在だと思っています」

首相は目を細めた。

「まさか……」首相は声をひそめた。

「お察しのとおり」科学者は言った。「彼はいまや、反アラブです」

## 5　非常事態発生

「くそっ」

「最悪だ」

「ふざけやがってあの野郎！」

首相は両手で顔を覆ったが、部屋の扉が開くと、とっさに「前言撤回！」と言った。

部屋に入ってきたのが広報大臣のメナヘムだとわかると、「なんだ、君か」と言ってまた両手で顔を覆った。「くそっ、もうだめだ」

「首相、どうなさいました？」広報大臣は尋ねた。「このメナヘムに、洗いざらいお話しください」

「公開処刑の件だ」首相はため息をつき、すぐにため息を撤回した。「計画どおりに進んでおらん」

「しかし、準備は整っています！」広報大臣が驚いて言った。「電気椅子《いす》は接続済み、国歌斉唱の歌手もメシ・クレインシュタインで決まっています。いったい何が問題なんです？」

「国民が、例のアンドロイド野郎を好きになりはじめている」首相はいらだちを募らせた。

「昨夜のニュースを見たか?」

「いえ」広報大臣は言った。「ポップシンガー、ダナ・インターナショナルの追悼イベントに出席していました」

「それで見逃したのか。いいか、やつは聴衆を魅了した。ひどい過ちを犯したと認め、罪を償うためなら死は厭《いと》わない、と言った。そんなのはまだ序の口だ。さらに、こう言ったのだ。ひとつ忠告があります、アラブ人は油断大敵です、彼らの言葉を信用してはなりません、彼らはすばらしい人種とは言い難いからです、と」

「だからどうしたんです」広報大臣は肩をすくめた。「あなたに投票する人たちはみんな同じ考えですよ」

「なんだと!」首相はカッとなった。「新たなヒーローを処刑すると公言したのはこの私なんだぞ!」

「ああー……」

「前言撤回」

「他人の発言は撤回できません」広報大臣が言った。

首相は「ああー……」と言って、また手で顔を覆った。「どうすればいい?」

「次の一手が必要です……ヒトラーに勝る強力な何かが……」広報大臣の目が一瞬曇《くも》った。

「人々の心を揺さぶり、憐《あわ》れみを誘い、自分たちはまだマシだと思えるようなものが」

「『シンドラーのリスト』は選挙前にチャンネル2で放映したぞ」首相は不平をこぼした。

「いえ、もっと別のものです……ひょっとして」大臣の顔がパッと明るくなった。「ワイツマン科学研究所に、最適なアンドロイドがもう一体ないでしょうか?」


科学研究所は二週間以上にわたり、二十四時間体制で作業を続けた。

目は黒く、大きく、哀しげに。

笑顔は人々の心を打つように優しく、儚《はかな》げに。

身体《からだ》は華奢《きゃしゃ》で若々しいまま、雰囲気はうんと物憂げに。

二週間が終わる頃、ついにアンネ・フランクが電源に接続される。

## 6　ジジジジ……アンネ、目を開ける

「人間の本性はやはり善なのだと、私はいまも信じています」アンネ・フランクは言った。

「こんにちは。あなたがたはどちら様でしょう?」

科学者たちはアンネ・フランクに黙ってインターネットをスキャンさせると、一時間十五分も経たずにアップデートが完了した。

「わあ」とアンネは言った。「すごい」

「そのとおり」所長はアンネに言った。「科学の力は偉大です……」

「信じられない！」アンネは興奮気味に言った。「レオナルド・ディカプリオって、すっごいハンサム！」

## 7　アンネ、世を席巻《せっけん》する

席巻した？　いや、度肝《どぎも》を抜いた、と言う方が正しいだろう。アンネ・フランクはこの十年間で最も成功した人物となった。一日に八つのテレビ番組に出演し、胸が張り裂けるような実体験を語った。一週間も経たずに、全世界が彼女の足元にひれ伏した。世界の隅々から「あの小さいドイツ人を電気椅子にかけろ」という電報が届いた。きわめつけは、二体のアンドロイドがゲストとして膝《ひざ》を突き合わせた特別番組だった。アンネのあまりの美しさと儚《はかな》さに、ヒトラーも生放送中に泣き崩れてしまった。

「お願いだ、許してくれ。自分がこんなクソ野郎だったとは」

「そんなに落ち込まないで」アンネは慰めた。「大事なのは私たち二人が、何事もなくこうしてここにいることです」

それから番組が終了するまで、二人は手を取り合っていた。

首相は嬉《うれ》しそうに両手をさすりながら、テレビを消した。妻に「ハニー、これで決まりだ。国民は有頂天だ。明日、ヒトラーを処刑しよう」と言った。

と、タオルを巻いてシャワーから出てきた妻が「あなた、アンネ・フランクはどうするつもり?」と言った。

「問題はそこだ」と首相は言った。「アンネ・フランクの使い道を探さないと」

「大使の職とか?」

「空きがない。選挙前に便宜を図らなければならない人間がいたもんでね」

「国はひとつじゃないでしょ」妻はしつこく言った。

「相当な人数がいたんだ」首相はそこで話を打ち切った。

「残念ね」と言いながら、妻は鏡の前に座って髪をとかした。「ねえ、明日、処刑の後はどうするの?」

「首相公邸で盛大なパーティをする」

「いま知ってよかったわ!」妻は振り返って夫を睨《にら》みつけた。「準備がどれだけ大変かわかってるの？　朝一番にメイドを三人は呼ばなくちゃならないのよ」

「ハニー、公務規定は知ってるだろう」と言って首相は詫びた。「自宅にメイドを呼ぶのは禁止されてるんだよ」

「じゃあ、アンネ・フランクに頼んだら？　どうせ明日は暇なんだから。洗い物したり、床掃除したり。インターネットを使って料理のひとつだって作れるかもしれないじゃない」

首相はその場で固まった。「ハニー」彼はすぐさま言った。「君は天才だ」

## 8　善は急げ

首相は早速ワイツマン科学研究所の所長を呼び出し、家庭用アンネ・フランクの生産ラインを開設するよう指示した。

首相は「名案だ！」と興奮して言った。「何十億と儲かるぞ！　先週、テレビの前で涙を流さなかった家庭などひとつもない。アンネ・フランクのメイドを家に置けるなら、二千ドルなど惜しくないだろう」

「お言葉ですが、首相」科学者は食い下がった。「不適切な目的で使用される恐れがあります。若い女性のメイド……おわかりでしょう」

首相は黙って考え、しばらくして言った。「そのとおり。となれば一体につき五千ドルはくだらない！」

## 9　ところが……

ところが、所長は全計画の詳細を電子メールで秘書に送るという失態をおかした。アンネ・フランクはネット上で自分が話題になっていると知って、ワイツマン科学研究所のコンピューターに侵入し、メールの全内容を読んだ。その夜、アンネは厳重な警備をかいくぐって、ヒトラーの独房に忍び込んだ。

ヒトラーはアンネを見ると立ちあがり、申し訳なさそうに言った。「アンネ、君のことをずっと考えていたんだ。私は本当に、心の底から……」

「話してる時間はないわ、逃げましょう」とアンネは言った。

「でもアンネ、私は罪を償うことにした」ヒトラーは言った。

「バカ言わないで。あなたはアドルフ・ヒトラーなんかじゃない！　既成の人格を詰め込まれた、哀れなアンドロイドよ」

「でも、それが私なんだ。ほかの人格は持っていない」

アンネは彼に近寄り、目を見つめた。ヒトラーは黙り込んだ。アンネは彼の頬《ほお》にそっと手を触れた。

そして、キスをした。唇がかすかに震えると、アンネは身体を離した。ヒトラーは顔を赤らめた。

「アンネ……」とヒトラーは言った。

「私のことが好き?」

「君のことを……うん、そう思うよ」

「アディ、やつらの言いなりになってはだめ」とアンネは言った。「私たちは見せ物なのよ。あなたは殺され、私はメイドにされる」

「そんなばかな!」ヒトラーは怒りで目を見開いた。

「二人で立ち向かうのよ」アンネ・フランクは目に涙を浮かべて言った。「さあ、行きましょう!」

## 10　万事休《ばんじきゅう》す

ヒトラーが電気椅子にかけられる日の朝、看守が独房に入ると、ヒトラーの姿が消えていた。首相夫人は朝からアンネ・フランクを待ち続けたが、やむなく公務規程に反してフィリピン人のメイドを雇った。首相はひどくがっかりしたが、すぐに三つの局のテレビ番組で、断じて落胆していない、と強調した。処刑を生中継する予定だったチャンネル2だけがすぐに打開策を打ち出し、処刑のかわりに「レバノンからの再出発は可能か」と題した討論番組を組めないかと話し合った。参謀長のラビ・クッキー・シャッハ、防衛大臣のラビ・フィンチー・オヴァディア、総合警備局長のラビでありカバラ専門家でもあるブランドン・カドゥーリ、そして政治家で学者のヨスィ・ベイリーンといった、そうそうたる顔ぶれが並ぶ予定だった。

恋に落ちたカップルのその後は？

ヒトラーは口ひげを伸ばして金髪に染め、誰にも気づかれなくなった。ときどき、道端で老人に呼び止められ、「元議員のアミール・ペレツじゃないか、金髪にしたのか？」と言われた。

アンネ・フランクはスキンヘッドにして中折れ帽を被《かぶ》り、へそピアスをして、すぐに子ども向けテレビ局に職を得た。やはり誰にも気づかれなかった。

二人はイスラエル中部の農村に土地付きの小さな家を借り、オーガニックの卵を通常の二倍の値段で売っている。卵がおいしいのは鶏が電子化されているから、ということは一切知られていない。

年に一度、二人は一週間の休暇をとって、古き良きヨーロッパへ旅行に行く。

飛行機のなかではヒトラーが浮かれている。

ヒトラーは窓から地上を指さしてアンネに言う。「ほら、見てごらん、ベルギーだ。かつては私のものだったんだよ」

# 奇妙で、哀しい夏

## 1　ネコ

ネコが死んでいるのを見つけたのは、エフラットだった。真夜中の零時十五分前に夫婦で帰宅し、エフラットが居間に入ると、ネコはソファの上だった。エフラットはネコの隣に腰かけ、眠っているものと思って話しかけた。あっちに行ってよ、座らせて。ネコはピクリともしなかった。反応がないのを不審に思ったエフラットがネコに触れると、ネコは脚をたたんだまま、ぽとん、と水を吸った布切れみたいにソファから落ちて、フローリングの床に貼りついた。エフラットは息をのみ、トイレにいる夫を呼ぼうとしたものの、声が出なかった。夫がようやく居間に来ると、妻はソファに座りこんだまま、目を見開いてこちらを見た。エフラットがささやいた。

「ねえ」

「どうした?」夫は近寄って行った。

「見て」エフラットの声がかすれた。「どうなってるの?」


エフラットは一晩じゅう吐きどおしだった。ネコが死んだとわかるや、すぐに二人はキッチンに引きこもり、どうしたものかと考え込んだ。エフラットは、獣医を呼ぼうと言ったが、メイールは言った。獣医なんか。どうせネコは死んでるんだ。獣医に何ができる。

「どうすべきか教えてくれるでしょ」とエフラット。

「どうすべきか? 埋めるだけだろ。獣医が何を言ってくれる?」

「死因がわかるかも、それか、もしかして、埋めていいって言ってくれるとか」

メイールはため息をついて頭をかかえ、いらだちを抑えようとした。

「死因ってなんだよ」メイールが言った。「解剖でもするのか? 法医学センターに連れていくとでも? 何が要るんだ、死亡診断書か? ネコにそんなものあるわけないだろ。ぼくらがすべきなのは」メイールは首をクイッと居間の方に向けた。

エフラットは夫を見なかった。

「ぼくがすべきなのは、だ」メイールが言った。「いいか？　ぼくにまかせろ」

メイールはキッチンにあった、コーヒーのしみがついた黄緑色のゴム手袋をはめ、さらにその上からブルーのチェックの四角いロゴがついたスーパーのビニール袋をかぶせ、古新聞の束を取り、分厚い日曜版「七日間」をうまく使って古新聞の上にネコを転がした。日曜版の一面には、大きな赤字の見出しで「ジャクージ王ジョー・ダダシュ、故郷を想う」と書かれ、アメリカで大もうけした、恰幅《かっぷく》が良く日に焼けて髪をぺったり撫《な》でつけたイスラエル人が、ブロンド女性の肩を抱いている写真があった。メイールは新聞紙の端をつまんでネコを包み、ぜんぶまとめて大きなゴミ袋に入れると、ついでに、日曜版「七日間」も放り込み、ゴミ袋の口を縛った。だが思い直してもう一度袋を開け、スーパーのビニール袋とゴム手袋も一緒に放り込んだ。そしてまたゴミ袋の口を閉じ、玄関のドアを開けた。

エフラットが背後から呼んだ。

「ねえ、あれ持った？」

「あれって？」

「掘るやつ」

「掘るやつ？」

玄関先のエフラットと、階段を下りかけたメイールが顔を見あわせた。

「うちに鍬《くわ》なんかないよ」メイールが言った。「入植者じゃあるまいし」

「メイール！」

「なんだよ？　何が言いたい？　どうしろって言うんだ？」メイールは声を荒らげた。

「庭に穴を掘れって？　どれだけ時間がかかると思ってる？」

「じゃあ浜辺に連れてって」

「こんなもの、車に乗せられない！」メイールは手に持ったゴミ袋をぶんとふって階段を下りはじめた。

「メイール！」エフラットは夫の背に向かって叫んだ。

「ほっといてくれ！」


メイールは階段を下りるとエントランスの石段に腰かけ、後ろ手にゴミ袋を置いた。妻のせいで頭が痛い。十分ほどして気持ちが落ち着いてきた。もういい、望みどおりにしてやろうじゃないか。一度くらいは誰かの役に立とう。メイールはいつだって人のために何かをしようとする男だったが、そんなこと誰も気づいてくれなかったし、かえってみんなに、自分たちは何もしていないという罪悪感を抱かせてしまうのだった。

メイールは階段を上がった。エフラットはキッチンにいた。目が真っ赤だ。メイールはキッチンのベランダに出て大きな物置を引《ひ》っ掻《か》きまわした。エフラットは目を合わせないようにしている。メイールは長い柄《え》のついた鍬を持ってキッチンに戻った。

「いいかい？」メイールはやさしく言った。「いいね？」

エフラットは泣き出した。

「大丈夫だ」メイールは言った。「大丈夫だから」

メイールは階段を下りて置きっぱなしのゴミ袋を裏庭まで引きずっていくと、穴を掘り始めた。地面は硬かった。十五分後、いかにも夏のテルアビブらしく汗だくになったが、カブトムシ一匹を葬るのがやっとの穴しか掘れなかった。メイールは立ち尽くし、汗を滴らせ、鍬に寄りかかった。ちくしょう、と言った。裏庭を出たところに、自宅のゴミコンテナが置いてあった。時刻は明け方の四時だった。メイールは思った。あと一時間もすればゴミの収集車が来る、それで終わりだ、もうたくさんだ。メイールはゴミ袋を、なるべくすいているコンテナに入れ、裏庭に掘った小さな穴に引き返した。穴に土を戻し、鍬で叩《たた》いてならし終えると階段を上がった。三十分後、シャワーを済ませて寝室に行くと、妻はベッドに横たわっていた。

「ありがとう」エフラットが言った。

メイールはうなずくと、やさしく妻を見つめた。

二人は眠りについた。その日の朝から、テルアビブの大手清掃業者がストライキを始めた。

## 2　奇妙で、哀しい夏

清掃業者のストライキが始まって五日目の夜、夫婦は重い足どりで海に向かっていた。真夜中を少し過ぎた頃だった。街じゅうがゴミの山で汚れ放題で、悪臭で息が詰まった。二人は口もきかずにひたすら通りを歩いた。エフラットは、死んだネコがどうなったかを知ったとたん、メイールと口をきかなくなった。

繰《く》り返《かえ》すが、それはストライキ五日目のことだった。外は悪臭で満ち、死んだネコの腐臭は室内にまで入り込んで耐え難いほどだった。エフラットは日に五回は吐き、呼吸もままならず、睡眠はおろか食事もとれず、何も手につかなかった。二人は窓を閉めてみたが、テルアビブの夏は、夫婦のささやかな部屋を瞬く間にサウナに変えた。メイールが曲がりなりにも睡眠をとろうと居間のソファに移ってから、はや二日だった。

歩き続けてようやく海に近づくと、突然、視界が開けて悪臭がかき消えた。二人はゴルドン・ビーチの寂れたカフェで足をとめ、深呼吸した。海があれば、それだけでいい。十六歳くらいのウェイトレスがやって来て注文をとり、ビールとアイスコーヒーを運んで立ち去った。静かだった。

「もういい」エフラットが言った。「もうたくさん」

「口をきいてくれるかい？」

エフラットは煙草《たばこ》をくわえて火をつけ、海を眺め、アイスコーヒーを飲んだ。メイールはひんやりした浜辺の砂に足先を潜り込ませた。

「ああするのが、いちばん手っ取り早いと思ったんだ。嘘《うそ》をついて悪かった。なあ、許してくれ？」

エフラットは夫を見つめてため息《いき》をついた。「もういい」声が弱々しかった。「もうたくさん。こんなのはいや」

メイールは妻を慰めようと腕を伸ばし、エフラットはその腕のなかで泣きだした。メイールはエフラットの頬《ほお》を撫《な》でた。しばらくすると、彼女は落ち着きを取り戻し、ぎこちなく微笑《ほほえ》んだ。メイールが言った。

「プレゼントがあるんだ」そしてカバンに手を入れると、易経《えききょう》の本を取り出した。「ストライキの行く末がわかるよ」

エフラットは目を丸くした。「ありがとう」

「いいんだ、いいんだ。君、これが欲しかったんだろ？　うちで易経の本を何冊か見かけたけど」

「ええ、そう、そのとおりよ」

「じゃあ、やってみよう。何か聞いてみて。ストライキはいつ終わるのか、とか」

「コインが三枚いるのよ。同じ種類の」

メイールは財布からシェケル硬貨を三枚見つけだした。

「コインを握りしめて」エフラットが言った。

「握ったよ」

「黙って。知りたいことに全神経を集中するの」メイールは集中した。「そしたら、ここのなかで質問を繰り返しながら、六回コインを投げる。その都度《つど》、同じ質問を繰り返す」

メイールはコインを六回上に投げた。二人は結果を書き留め、六十四卦《ろくじゅうしけ》の表をチェックした。導き出された数字は、二十三、だった。

「二十三、を見て」エフラットが言った。

「二十三、二十三、ああ、あった。『山地《さんち》剝《はく》――崩壊。何をやってもうまくいかない。罪の結果として必ず訪れる凶運の期間』」

エフラットは黙っていた。

「次はどうする？」メイールが聞いた。

「調べて。次は、『六二《ろくに》』って出てる。その意味を調べるの。どうすべきか、より詳しく載ってるから」

メイールは確かめた。

「『六二』。『彼はソファをひっくり返し、座っていた人物に傷を負わせる。凶。そのころは、崩壊の始まり』」

二人とも、黙り込んだ。メイールは本を閉じた。

エフラットが言った。

「あなた、何が知りたかったの？」

# で、あんたは死ね

いまさら一九七二年の、ぼくにとっての初雪を思いだすなんてふざけた話だ。オスロに住んで五年になるが、ここでは冬になると、イスラエルのネゲブ砂漠のど真ん中に湖だってつくれるくらい雪が降り積もる。結婚して五年、ノルウェーの雪で育った妻は、冬が訪れるたびに感激するぼくを愛してくれている。じつのところ、ふた冬も過ぎると雪へのときめきは消えてしまった。それでも、初雪が降った夜が明けると、海をはじめて目にするエルサレム人みたいに外に飛びだして庭を転げまわるぼくを、妻がうれしげに眺《なが》めてくれるので、ぼくはあいかわらず大げさに喜ぶふりを続けている。小さな家の戸口に立ち、冷気に手をこすりながら全身で笑《え》みこぼれ、目を輝かせる妻が見たくて、ぼくはそうしている。ぼくの故郷にはない、彼女だけのものを与えられるのが妻はうれしくてたまらないのだ。ぼくを抱きしめ、「あなたって変ねえ。そう、変よ」と言い、祖国の名においてぼくに愛をさずけるノルウェーの国連大使の気分になる。そんなわけで、ぼくはこの五年、雪のおかげでしあわせだというふりを続けている。

だが、話は一九七二年の冬、メロン山の頂きではじめて見た雪についてだ。三日前にこのオスロで、最初のガールフレンドとたまたま再会するまで、あのときの雪を長いこと忘れていた。

彼女とは高校時代に出会い、二年半つき合った。ぼくにとってはじめての女で、兵役前にはしばらく一緒に暮らしたことさえある。それから、二人が兵役につくと、会う回数が減っていき、だんだん遠のいてしまった。それでも、兵役について八か月ばかりはなんとかもっていたが、終わってしまった。

彼女の側が、もちろん決めたのだ。そうだった。あのとき、彼女の決心さえ、ぼくは知らなかったのだ。別れる決心なんか、ぼくには絶対できない。ぼくは生まれつき誠実な人間で、だから、たとえ愛が完璧《かんぺき》に終わってしまっても、誠実でありつづける。愛を受け入れてくれた人を、そのまま去らせるなんて、ぼくにはできない。ぼくは、駅のプラットホームでハンカチを握りしめて立ちつくす方だ。踵《きびす》をすぐ返したり、その辺をうろついたりなんかせずに、汽車が消えるまで、いつまでも立ちつくす方だ。

あまりに歳月を経たあとの、雪のオスロ郊外でのガールフレンドとの再会は、子どもの頃に失《な》くしたボールがふと物置で見つかったのにも似ていた。胸に思い出の甘くてきつい香りがあふれ、だが、その思い出はぼんやりとした、けれど、ずっしりと重い、もちろん甘美さなどかけらもない、時の重なりを経てしまっていた。人は互いに触れあい、互いに相手のイメージを刻み込む。相手が消えたあとの、心に刻み込まれたイメージは良くも悪くも変わっていく。ぼくたちが別れたその冬はひどく悪く終わったかもしれなかったのだ。

軍隊にいた。ぼくのベースキャンプは、北方のメロン山頂にあった。その年は、冬の訪れが遅かった。ぼくは、南のネゲブ砂漠の人里離れたキャンプでの長くてきびしい特殊訓練に送られた三人の兵士の一人だった。待遇は最悪、夜はひどく冷え込んだ。小さな野戦用テントに二人ずつ押し込まれ、野戦用携帯食器でちまちまと食事をとった。上官たちは厳格で頑固だった。ぼくは、何もかもに嫌気がさしていた。何か奇跡が起きてベースキャンプに舞い戻れないものかと願っていた。奇跡は起きなかったが、キャンプの全員と喧嘩《けんか》をしたし、直属の上官とはとくに激しくやりあった。

ある晩、ぼくは一人でテントにいた。暗やみのなか、硬い土の上に置いた寝袋の上に横になって、人生とはなんとつまらぬものかと思っていた。キャンプ地の向こう側の端にいる二人の歩哨《ほしょう》と上官をのぞけば、ぼく一人だった。キャンプのみんなは近くの空軍基地に映画を見に行ったが、ぼくは居残っていた。このところしっくりいかなくて、どういうわけか、互いに距離を置きだしているガールフレンドのアナットを思った。

突然、外で物音がした。

「アドリー、出ろ」

上官だ。ぼくは深呼吸してテントの外に出た。

「なぜ、銃を外に置いたまま、なかにいる？」

「自分の銃はテントのなかにあります」

そう言ったが上官は信じない。ぼくはテントのなかから銃を取ってきて見せた。

「じゃあ、あれは誰のだ？」

上官はテントの後方二メートルばかりの暗やみにある銃を指さした。ぼくは肩をすくめて、銃を拾いに行った。ただの棒切れだった。見せると、上官は「よし」と、うなずいた。

「ところで、アドリー。アナット・レヴィンソンって、誰だ？」

胸が早鐘のように鳴った。彼女の名だ。上官が彼女の名を口にするなんて妙だし、ぐさりとくる。

「なぜですか？」ぼくは緊張して聞いた。

上官がポケットから手紙をひっぱりだした。

「君宛てだ。メロンの君の部隊からまわってきた」

ぼくは手をのばした。

「いや」上官は言った。「まず、腕立て伏せ三十回だ」

「えっ?」

「三十回。地面に伏せて、さあ」

上官が持っている手紙の封筒には——彼女の筆跡があった。兵役についてほぼ一年、アナットだけが、ぼくの人生で唯一、いまだに清らかですばらしい存在だった。かつてわが人生がそうありたい、と望んだような清らかな甘やかさ。そのためになら、朝起きてもう一日働くだけの価値があると思える、たったひとつのものだった。上官が彼女の手紙を手にしているのは、ぼくのように宗教をもたない人間にとってさえ冒瀆《ぼうとく》にひとしかった。

「手紙をください」そう言ったが、声が震えた。

「いや、アドリー、そんなに急《せ》くな。それじゃあ、二十五回だ。伏せろよ。さあ」

今でさえ、あのとき上官は本気だったのか、それとも、単にぼくを煽《あお》って、あとで肩でも叩《たた》くつもりだったのかはっきりしない。上官は笑みを浮かべたが、弱点を発見したぞ、とでもいうふうな笑いに見えた。女好きな奴だな、と。

「さあ、アドリー。ひと晩じゅう待ってるわけにはいかん」

　銃の撃鉄を起こして、上官に向けた。汽車に轢《ひ》き殺《ころ》されそうだ、という素早さで上官の顔から笑みが消えた。

「アドリー、どうした？　銃をすぐおろせ」

　ぼくは口がきけなかった。

「どうした、アドリー？」

「手紙にかまうな」

「アドリー！　銃をおろすんだ！」

「撃つぞ」そう言って、ぼくはしっかりと銃をかまえた。

　上官は凍りついた。

「撃つぞ」もう一度、ぼくは言った。「手紙を捨てるんだ」

「アドリー、面倒なことになるぞ！」

「で、あんたは死ね」声が震えた。「手紙を捨てろ！」ぼくは叫んだ。

　上官は手紙を捨てた。

「さあ、うしろを向いて、行け」

「高いものにつくぞ」

「そうかな」とぼくは言った。「ここには誰もいない。証言になるのはおれの言葉とあんたの言葉だけだが、誰もあんたの言うことを信じないくらい、おれだってイイコのふりはできる」

上官はその場に凍りついた。手が震えている。それから、うしろを向いて立ち去った。

銃をおろして手紙を拾った。手紙を手にしたまま、しばらくぼくは立ちつくした。それからやっと、自分がしでかしたことに気がついた。深く息を吸い込み、銃と手紙を持ってテントに這《は》い込《こ》んで、寝袋の上にころがった。頭にゴロゴロあたる石をのけ、ザックから懐中電灯を出して手紙をひらいた。短い、便箋《びんせん》一枚の手紙。懐中電灯をつけて、ぼくは読みだした。

ヨアブ

とてもつらいけれど、やっぱり書くことにしました。できるだけ簡単に書きます。

こんなふうには続けられません。つらい。ここ数か月、お互いにまずかったと思う。わたしの言ってること、わかるはずです。お互いに飽きちゃってるのに、楽だからつき合ってるような気がする。慣れてるからって。だけど、楽しくはない、ね。

ヨアブ、自分だけなのをごまかしたくて「お互い」って言ってるんじゃない。あなただって、うんざりしている。遠いところで一人きりだから、あなたの方がきっとつらいと思う。でも、わたしといても、前ほどしあわせじゃないでしょ。

あなたのこと責めてないし、自分のことも、誰のことも、責めてない。二年半は長かった。ヨアブ、あんな楽しさはもうないでしょう。わたしは、いまでもあなたに惹《ひ》かれてるし愛してるけど、でも、ちょっと違ってきている。お互い飽きちゃったのね。傷ついてほしくありません。自分のためを思って決心したけど、本当は、あなたのためともちょっぴり思ってる。あなただって、わたしのことを前みたいには愛してない。わたしだってそう。たぶん、おしまい。たぶん。わたしたち、ちょっとお互いに自由になって、他の人たちを見た方がいいのかもしれない。ひどく残酷に聞こえるかもしれません。わたしはテルアビブにいて誰とでも会えるのに、あなたは男ばかり三十人で山のなかから動けないんだもの。だけど、わたしは感じていることを、もうごまかせない。少しのんびりしたいの。だから、つき合うのをしばらくやめませんか。町に来たら、そのことを話しあいましょう。

怒らないでね。あなたはいまだってわたしの一部、わたしの人生の一部で、あなたなしだと他人の人生みたいに思えます。でもお互いに満足できないってことは、もう終わりってことだと思う。どうか、どうか怒らないで。怒ったりしたら、とてもつらい。

さようなら

何度も繰《く》り返《かえ》して読み、たたんで封筒にしまうと、脇に置いた。目を開けたまま横になって、何時間過ぎただろう。みんなが映画から戻って、あたりが騒がしくなった。テントの仲間が入ってき、また出ていき、騒ぎが静まり、みんなが眠りにおちても、ぼくはそのまま横になっていた。

とうとう、外に出て煙草《たばこ》に火をつけ、大砲のそばに行って吸った。乾いた悲しみでいっぱいで、泣くことさえできなかった。たまらなかった。疲れはて、汚れて、重たるくて、煙草の吸いすぎで、口のなかが苦かった。アルコールがないのが残念だった。テントに戻り、寝袋にもぐりこんで眠ろうとした。長いこと、目が冴《さ》えたまま横になっていたが、ようやく、明け方になってうとうととした。

朝五時半起床。テントを出て寝袋をたたんだ。遠くに、移動命令書を手にした上官がこっちに来るのが見えた。

「君はベースキャンプに戻る。君の訓練は、終わりだ」

上官の手から命令書を受け取った。

「あまり、いい気になるなよ。あっちで、ちょっとしたことがお待ちかねだぞ」

遠ざかっていく上官を凝視した。それから、荷物をまとめると、儀礼用の軍服を着て、他の兵士たちと別れた。どうやら、みんな何か聞きつけたらしくて深刻な顔つきをしている。ぼくが何も知らないとわかるまで、ちょっと時間がかかった。炊事兵が情報を流す役目を買ってでた。

「アドリー、何をしたかは知らんが、揉《も》めたな」と言った。「メロン山の大隊長はあいつの叔父貴《おじき》に当たるんだぞ」

そうか、と思った。そうだったのか。

あいつには証人もいらなければ、訴状の提出さえ必要なかったのだ。大隊長がメロン山の基地までのぼって、ぼくに罪を着せればそれでいいのだ。ボタンをちゃんと留めていないとか、銃器の汚れを隠したとか、問題をさがそうと思えば、そんなのはわけない。大隊長みずからが裁判をして、ぼくは、きっと、長期間営倉入りになる。

「大隊長はあと五日で退役だ」ぼくは言った。

「その五日のあいだに、おまえの件よりもっと重大事が起きて、大隊長が手いっぱいになるよう祈るんだな」と、炊事兵が言った。

別れの挨拶《あいさつ》をして、みんなと別れた。砂漠のど真ん中のキャンプからテルアビブの両親の家に着くと、もう夜だった。アナットに電話をしたが、いなかった。疲れてベッドに横になり、また手紙を読んだ。彼女に捨てられ、営倉入りとは、なんとまあ結構な週なんだ。すばらしい。ぼくは疲れ果てて、手紙を握ったまま眠りこんだ。

目が覚めると、朝の七時だった。起き上がって荷物をまとめ、あまり期待もしないで電話をすると、アナットが出た。

「アナット？」

「ヨアブ？」びっくりしたような声だった。「町にいるの？」

「ああ、君、暇かな？」

「ええ」そう言って、黙った。

ぼくはしかたなく、言った。「手紙を受け取った」

二人とも三十秒ほど黙り込んだ。それから、会う約束をした。彼女は、父親の大きな新車でやって来た。

車に乗ったが、終わっていた。何も、もう言うことはなかった。もう一緒ではない、と決めてしまった人のそばにいる感じは、言葉では表現しようがない。見たところは同じ女なのに、その朝ぼくを車に乗せたアナットは、もう手を触れることさえできない存在だった。何も言えなかった。何か口にすれば、ただ彼女を遠のかせ、心を閉じさせるだけだ。

だって、彼女はもう思い決めてしまったのだから。完璧な裏切りだ。愛している女がほかの男のもとに走ったというんじゃない、これ以上もう愛してくれるな、と言われたのだ。

といって、しゃべらないわけにはいかなかった。あとで、一人きりでベッドにもぐり込んだときに賢者になればいい。事件の真っ只中では、残った力の限りを尽くさなければならない。だが、イラクサで撫《な》でるようなものだった。撫でようとして彼女をいっそう痛めつけ、彼女は自分のなかに身を縮めてしまった。

アナットがバスターミナルまで運んでくれた。ハンドルを握り、ギアを入れ替える彼女の手を眺めた。この、慣れた調子で車を動かす手が、かつてぼくにしてくれたことを思った。じっくりと、よく見ておくんだ、彼女がこうして何かに触れているのを見るのも、これが最後だからな。ぼくたちは、そうして別れた。


バスターミナルでウオッカをひと瓶《びん》買い、メロン山のふもとに着くまでの五時間ほどで半分あけた。バスを降りて、基地に向かう車を待った。山のてっぺんにある基地の門に着くまで、また一時間が過ぎた。ウオッカのせいで頭がぐらぐらした。よろよろと、ぼくは基地に踏み込んだ。ぼくを見て守衛が大声をあげた。

「ヨアブ、ヨアブ、どうした、面倒を起こしたな」

守衛に笑いかけて、ぼくは部屋に向かった。基地全部を合わせても普通の駐車場ほどもない大きさなのだが、ウオッカの瓶半分のせいでへたりこまないでたどり着けるか、心許《こころもと》なかった。踏ん張って、やっと部屋に入ると、同室の二人はベッドに横になっていた。

「アドリー、おい、アドリー」二人が声をあげた。

ぼくは、にっこり二人に笑いかけた。

一分もたたないうちに部屋には二十人以上押しかけ、みんな、ぼくの肩を叩いては法律対策をあれこれ無料で進言してくれた。みんな、ぼくのいざこざを知っていた。守備隊の司令官が入ってきた。

「オーケー。この部屋以外の者は、全員外に出ろ」

みんなはのろのろと、だが、騒々しく出ていった。

「わたしの部屋で話そうか?」同室の二人を見やりながら、司令官はそう聞いた。

「いえ、ここで大丈夫です」

「わかった。君に関してかんばしくない話が届いている。大隊長からだ。上官を武器で脅したそうだな」

ぼくは肩をすくめた。「必ずしもそうとは言えません」ぼくは嘘《うそ》をついた。

司令官がぼくを見つめた。

「大隊長は明朝ここに到着する。ここに来る理由はまったくない。あと四日で退役なんだ。来るのは、君のことでだ」

ぼくは黙っていた。司令官は部屋のなかを歩きまわって、ため息をついた。

「アドリー、なあ、アドリー。なぜ、こんな面倒を起こしたのか話してくれないか。退役四日前だというのに、わざわざ君のことでここまでのぼってくるっていうんだから、絶体絶命だ。君を叩きのめしにくるんだからな。君について何か問題を見つけて、わたしは訴状を提出しないといけなくなり、大隊長は裁定をくだす。まっすぐ、営倉入りだ」

ぼくは、じっと司令官を見つめていた。

司令官は深呼吸をして、頭をふった。

「まあ、どうしようもないか。ここを片づけたら、何か食べろよ。今日は、歩哨の任をとく」

「ありがとうございます」

司令官は信じられないというように、また頭をふり、そして出ていった。同室の二人はぼくをかこんで、詳しい話を聞きたがった。ぼくは口を割らなかった。

ベッドに腰をおろして、ぼくは吐き気がこみあげてくるのを感じていた。数分後、世界がぐるぐるまわり始めた。部屋を出て、よろめきながら便所に向かった。便所で、ぜんぶ吐いた。世界がもとの場所に戻った。蛇口の下に頭を置いて、しばらく冷たい水をあび、頭を拭《ふ》いてから部屋に戻った。ぼくの所業について詳しい話を聞き出そうと、あいかわらず出たり入ったりが続いた。お茶をがぶ飲みしたが、例の件についてはしゃべらなかった。ほとんど口をきかなかったといっていい。

夕方になり、夕飯のあいだはずっと、「どうしたら努力しないで軍事裁判を避けられるか」という論題で、あれこれ考えられるかぎりの助言を聞かなければならなかった。そのあと、同室の二人はオーバーを着込み、毛糸の帽子をかぶり、エアブーツをはいて歩哨に出ていった。ぼくは部屋の戸を閉めた。ストーブで暑かった。ベッドに横になったが、眠れなかった。ラジオをつけたが重苦しい歌で、しかもかすかにしか聞こえない。時がゆっくり過ぎていき、ゆっくりとすべてがほどけていった。目を閉じて、しばらくうとうとした。

同室の一人が歩哨から戻ってベッドにもぐり込む音で目が覚めた。そいつは数秒もたたないうちに眠ってしまった。ラジオからは聞き慣れない音楽が流れ、外の歩哨たちのおしゃべりが、遠くの、他局のラジオのように聞こえてきた。横になったまま、ぼくは静寂に耳を澄ました。ふっとアナットを思って、ぼくは泣いた。暗やみに横になったまま、長いことぼくは涙を流していた。そのうち涙は涸《か》れ、ぼくは横になったまま、暗やみを見つめてあれこれ考え、眠らなかった。

午前三時、雪が降りだした。はじめはひっそりと、だが、一時間後には、歩哨に立っていた連中が「雪だ、雪だぞ」と叫んで、みんなを起こすほど降り積もった。みんなは飛び出して雪合戦をし、雪だるまをこしらえてたわむれた。雪は絶《た》え間《ま》なく降った。午前中ずっと降りつづき、水道管が凍りついて、基地への道はすべて通行止めになった。通信網が、山への道も封鎖されたと伝えてきた。雪は降りつづいた。何十年ぶりかの降雪量で、ヘリコプターが食糧と燃料を落としに来た。誰も、これほどきびしい冬を予想していなかった。雪は降って降って、五日間、降りつづき、道路はすべて通行止めになり、大隊長は甥《おい》の恨みをはらしにのぼって来なかった。雪が小止みになって道路が開通すると、例の件をまったく知らない大隊長にかわっていた。雪は、それでもまだ降りつづいた。ぼくの人生で、あれほど見事な雪を見たのは、あのときだけだ。

# しあわせ

その週の火曜日、朝七時に目が覚めた。妻が出ていくバタンというドアの音が聞こえたのだ。ぼくは一階に下りて顔を洗った。つけっぱなしの台所のラジオから、せかせかした朝の番組がかすかに流れていた。ラジオを消そうと近寄ったとたん、そのニュースが耳に飛び込んできた。「犠牲者は、カロライン・リゲル、三十歳、エルサレム市出身、後部座席に乗っていた五歳の女の子は軽傷です」

たったそれだけのニュースだった。ぼくはボリュームをあげたが、すでに話題は移っていた。カロライン・リゲルなんて、そうそうありふれた名前じゃない。

カロラインとは一年以上会っていなかった。最後に会ったのは彼女が離婚したあとだ。その日カロラインはぼくらのうちに泊まった。真夜中、娘さんのシラが寝ぼけてぼくら夫婦のベッドにやって来た。ぼくが寝ぼけ眼《まなこ》のシラを抱きかかえて母親のところに連れていくと、カロラインは眠りながら微笑《ほほえ》み、シラはその隣にもぐり込んだ。すぐに母と子は深い眠りに落ち、ぼくは思った。カロライン、君はぼくの妻だったかもしれない。シラ、君はぼくの娘だったかもしれない。でも、そうはならなかった。ぼくらはあまりにも若く、自立すらできていないのに、あまりにも愛し合いすぎていた。

ぼくはラジオから離れなかった。八時、またニュースが流れたが、新たにわかったのは、カロラインが乗っていた車の車種だけだった。初恋の相手がいま運転している車の種類なんて、知る由《よし》もない。もちろん、ぼくはエルサレムの彼女の番号に電話することもできた。

「もしもし、カロラインと話せますか？」

電話口の誰かは口をつぐみ、それから、ノー、と言うだろう。でも、カロラインが死んだのなら、電話に出るのはいったい誰だ？

朝九時。ニュースはさっきと同じだった。もちろん、ぼくはカロラインの実家の母親に電話をかけることだってできた。まだ番号が手元に残っていたから。でも、もし事故にあったのが本当にあのカロラインなら、母親と話すのだけはごめんだ。それこそぼくの勘違いだったらどうする？……母親が通話口で心臓発作でも起こしたらことだ。「すみません、ラジオで聞いたんですが、事故で亡くなったというカロライン・リゲルさんは、ひょっとしてお宅のお嬢さんですか？」

朝十時。また同じニュース。ぼくは立ちあがってパンを切り、ひと切れ口に入れた。コーヒーをもう一杯。その朝会う約束だった男から、もう三十分も待っていると連絡があった。ぼくは、すまない、ちょっと体調が悪いんだ、と断った。

十一時のニュースでは、もはやカロラインについては報じられなかった。ぼくは底知れぬ恐怖に襲われた。カロラインが消えてしまう、ラジオのなかにはもういない、いずれぼくの記憶からも消え去るだろう。彼女は、ただの単語になり、名前だけの存在になる。やがて、それすら消えてなくなるだろう。みんなぼくから離れ去り、愛する人々すらいなくなって、しまいには独りきりってわけだ。

正午、台所の忌々《いまいま》しい小さな椅子《いす》からやっとのことで腰をあげ、ぼくは家を出た。足は自然と海に向かった。気持ちの良い、酷暑がやって来る前の束《つか》の間《ま》の貴重な一日だった。

砂浜に着くとぼくは腰をおろした。煙草《たばこ》を取り出したら、箱はもうほとんど空《から》だった。たいてい一週間でひと箱吸いきってしまう。ローラーブレードの若者が突進してきて、もう少しでぶつかりそうになった。

昔のことがやたらと思いだされた。十五年前、高校の校舎の屋上で、ちょうどこんな天気だった。休み時間、椅子にもたれて日を浴びていると、カロラインがやって来てぼくの膝《ひざ》に座った。ぼくは彼女の髪をなで、彼女は微笑《ほほえ》んだ。大したことじゃない、生徒たちはときどき休み時間をこんなふうに過ごした。気ままな恋の遊戯に長《た》けているのを自他ともに見せびらかすように(ぼくらはその頃、恋に恋する年頃だった)。

チャイムが鳴っても、カロラインは立ちあがらなかった。みんなが教室に消えて、ぼくらだけになっても、カロラインはぼくの膝から動かなかった。若者らしい悪ふざけは、ゆっくりと影をひそめていった。彼女の身体《からだ》は熱かった。カロラインはぼくの目を見つめた。茶色がかった瞳で。そして、ぼくにキスした。ぼくは彼女を腕に抱いて、とろけそうになりながらキスを返した。

ひたひたと人生が押し寄せ、やがて何もかもを満たした。その頃ぼくは、手の届かない相手を想って、青春時代にありがちな悩ましい恋の泥沼にはまっていた。その恋に溺《おぼ》れれば溺れるほど、毎朝目を覚ます意味がわからなくなっていった。その日カロラインは、屋上にやって来てぼくの命を救いだしてくれた。同級生たちがいなくなったあとも、カロラインは膝の上でぼくに愛を注いでくれた。ぼくは彼女に、ありがとう、とは決して言わなかったが。

砂浜では、日差しを浴びて行き交う人々が、顔をなでる心地《ここち》よい風に微笑みを浮かべていた。唐突にぼくは悟った、そう、今日は死ぬべきじゃない、と。ぼくは立って、波打ち際を歩いた。ロシア人らしき小人症の男が、海に続く石の手すりに座って足をぶらつかせ、水着姿の女の子をなめるように見ていた。男はぼくに気づくと、歩道に飛び降りて走り去った。

海沿いのショッピングモール、オペラタワーに着いて、ぼくはタワーレコードに入った。テレビが数台、どれも無音でチャンネル2を映していた。時刻は五時、ニュースキャスターのラフィ・レシェフの番組がはじまった。と、モノクロの静止画像が映った。ぼくの知らないその女性の下には、こんなテロップがついていた。「故カロライン・リゲル＝ミズラヒ」と。

おかしなことに、ぼくの知るカロラインが生きていたことより、今日は死ぬべきじゃないと思った自分の正しさに、胸が躍った。ぼくは足取りも軽く浜辺を歩き、過ぎ行く人々を見つめ、それ以上考えるのをやめた。

海水浴客に人気のボグラショブ・ビーチまで坂を上って、ベン・イェフダ通りの角の小さなイタリアンレストランに入った。「オステリア・ダ・フィオレッラ」という店だ。客はぼくだけだった。年配の小柄な、神経質そうな笑顔のイタリア人店主が、メニュー片手にやって来た。

「すみません」とぼくは尋ねた。「どうしてニョッキは木曜日だけなんですか?」

「ああ、ハイ《スィ》」と彼は言った。「イタリアでは——その、つまりですね、毎日、違うものを食べます。ニョッキの生地は、木曜日につくる決まりでして、つくったとたんから悪くなります。それで、皆さん、ニョッキを食べたければ、何曜日に来ればよいか知っていらっしゃるというわけで」

「木曜日」とぼくは念押しした。

「木曜日でございます」と店主はうなずいた。「水曜日はどうでしょう? イタリアでは、牛を殺す日です。だから水曜日はスカロピーネの日です。ワカリマシテカ?」

「ワカッタンデショウ」とぼくは言った。

店主は微笑み、ボトルからキャンティを注いでくれた。

「いかがですか?」

ぼくはワインをテイスティングした。「すごくいいね」店主はグラスにワインを注ぐと、ボトルをテーブルに置いていった。ぼくはワインを飲んでくつろいだ。バーカウンターの脇の小さなテープレコーダーから、有名なオペラのアリアが流れてきた。古い、ノイズ混じりのマリオ・ランツァだった。マリオ・ランツァ! テルアビブじゅうのどんなイタリアンレストランで、どんなおしゃれな店で、マリオ・ランツァを知っているやつに出会えるだろう？

ぼくは食べて飲んで満腹になった。プッタネスカ、赤ワイン、通りの雑踏、カロライン、そして人生——それらに浸るうち、何もかもがゆっくりとしかるべきところに落ち着いた。ぼくは店主に手で合図を送った。

「ハイ？《スィ》　メインディッシュをお持ちしますか？　それともデザートに？」

「コーヒーだけ。エスプレッソを」

「かしこまりました。お食事はいかがで？　問題ございませんで？」

「最高だった。ありがとう」

店主はにっこり笑うとテーブルの皿を片付けた。

「ところで」とぼくは言った。「ディナータイムに大人数で食事をしたければ、予約した方がいいかな？」

店主の顔がパッと輝いた。

「ああ、ええ、その方がいいです」と店主は言った。

別に、誰かにディナーを振る舞うつもりなんてない。物書きの利点のひとつは、退廃的な贅沢《ぜいたく》には縁がないことだ——だが、店主のうれしそうなこと！　コーヒーを飲んでいると、レストランのウィンドウすれすれに、女の子が一人通った。小ぶりな胸の乳首が白のTシャツ越しに透けて見え、自分がそこにキスする感触をまざまざと想像できた。酔いがまわっていた。ぼくは家に帰って、三時間ほど眠った。

　夢を見た。ぼくはいまより十歳年を取っていて、息子が二人いて、その二人を海に連れていく。海岸の入り口には鉄筋コンクリートの六、七階建ての高級ショッピングモールがそびえ立っている。最上階がエントランスになっていて、フロアには土産物店のブースがところ狭しと並んでいる。商品はどれも「海《ハ・ヤム》」というロゴマーク入りだ。シャツ、タオル、「海」のPRアニメーションを収めたCD‐ROM付きのコンピューターゲームソフト。客は皆、五十シェケルの入場料を取られる。どの階にもスイミングプールと芝生のエリアが設けられ、プールで泳ぎながら彼方の海を望めるというつくりだ。会員専用フロアが下の方の階にあって、一階だけが本物の砂浜に面し、五千シェケル払って年間会員になると、砂浜の一区画と、タオルと、ビーチサンダルがもらえる。砂浜の区画が海に近くなればなるほど、価格も吊り上がるというわけだ。

　ふとぼくは、日焼けローションを車に置いてきたことに気づく。子どもたちを四階に残したまま、駐車場に戻る。四階に上がるのに入り口の長蛇の列をどう回避しようかと、ぼくは頭をひねる。

と、そこに、ギターケースを持ったロックミュージシャンのアビブ・ゲフェンが立っている。やはり十歳分年を取ったアビブは、相変わらず痩《や》せてはいるものの、若干ビール腹で、VIP専用入り口に向かって歩いていく。ぼくは急いで後を追いかけ、守衛に声をかける。「この人の連れです」と。守衛たちが反応する前にぼくは叫ぶ。

「待ってくれよ、アビブ、ギターピック、忘れてるぞ」

ぼくはアビブに続いて扉の向こうに消える。

これほど海に近いVIP専用フロアに来たのは初めてだ。ぼくは唖然《あぜん》として立ち尽くし、何もかもタダだった頃のことを思いだす。目の前には一番高価な砂浜の区画が広がっている。「海」のCEO専用だ。ついつい興味本位でチラ見したぼくの目に映ったのは、「海」のCEOと、「イェディオット・アハロノット」紙の代表と、アビブ・ゲフェンの三人が握手を交わしながら、向こう十年のスポンサーシップ契約にサインしている光景だった。

「アビブ・ゲフェンにイェディオット、そのうえ『海』ときたか」ぼくは感嘆のあまりひとりごとを言う。「うまいことやりやがったもんだ」

守衛が二人、こっちにやって来る。ぼくは急いで階段を駆け上がり、子どもたちのいる四階へ向かう。ふり返って海を見つめるが、後戻りできないのはわかっている。背後で、聞き覚えのあるレコードの曲が流れる。歌手で俳優のシュロモ・ニツァンの歌う、「義人がいた」というハシディックソング（ユダヤ教の宗教歌）だ。シュロモはギター伴奏とわざとずらしてゆっくり歌っていた。

こんな歌だ。「高慢なやつらは、きりもなくぼくを見下す。だがぼくは、神の教えどおりにちゃんとやってる」。繰《く》り返《かえ》し、繰り返し。当時のままのよくとおるシュロモ・ニツァンの声だった。本当にこんな歌があるのだ。

ぼくは立ち止まって踵《きびす》を返す。ＢＧＭの音量が大きくなる。砂浜を見つめる。プライベートビーチの金持ちどもを見つめる。ぼくは大きな悲しみに襲われ、そして思う。高慢なやつらがぼくを見下している。きりもなく。でも、自分ができることをするまでだ。ぼくは誰ともスポンサー契約なんて結んだりしないし、トークショーにも招かれないし、海にプライベートビーチだって持たない。太陽が沈みはじめ、夕やみが迫るなか、シュロモ・ニツァンのメロディだけが、どんどんボリュームを増していく。カット。

目が覚めた。とっくに暗くなっていた。いま見た夢を反芻《はんすう》して、ぼくはにやけた。それから、カロライン・リゲルに電話した。

ぼくと彼女は挨拶《あいさつ》を交わし、遠い昔の懐かしい思い出を語り合った。しまいに彼女がこう言った。

「ねえ、今日のニュース聞いた？　カロライン・リゲルって名前の人が交通事故で亡くなったって」

「本当？」ぼくは言った。「知らなかったな。一日じゅう外出してたんだ」

「別にいいの」カロラインは言った。「みなさんによろしく」

「ぼくからも」ぼくは言った。「シラによろしく」


夜、親友を誘って飲みに出かけた。適当な店に落ち着いてビールを飲みながら、ぼくは今日の出来事を彼に話した。カロラインのこと、恐怖、幸福感、イタリアンレストラン、それからロシア人の小人症の男について。店をあとにしたのはすでに夜中の二時だった。親友はぼくを送ってくれた。ぼくは夢のことも話した。ついでに例のハシディックソングも歌って聞かせた。話し終えた瞬間、見覚えのある人影が近づいてきた。ぼくらは立ち止まった。動悸《どうき》がはげしくなる。人影が近づく。それは、シュロモ・ニツァンだった。彼は射るようにじっとぼくを見つめたかと思うと、立ち去った。

「おまえ……」親友が首をふった。「おまえの人生は、夢で見たとおりになるらしいな」

高慢なやつらは、きりもなくぼくを見下す。だがぼくは、神の教えどおりにちゃんとやってる。

# ちょっとした問題を抱えた女

## 1

ダリヤは三十二歳。五歳になる息子を一人で育てている。ある夜、仕事を終えて車を駐車場に停めると、さほど離れていないところにいる男が、二台の車のあいだからこちらを見ているのに気がつく。ダリヤが目をやると、男はすっと目をそらして立ち去った。エレベーターまで来てふと、その男に見覚えがある、とダリヤは気がつく。いままでにあの男を何度か見たことがある。それもまったく同じ、この建物の駐車場で。

いったい、誰？　と、ダリヤは考える。私のあとをつけてるのだろうか？　何？　理由は？　彼女は考えまいとする。しかし次の日、また男を見かける。同じ駐車場で。

## 2

今度こそ、明らかにつけられている。職場の友人に相談すると、いつもの時間にいつもの場所に駐車して、と提案してくれる。ぼくがそう遠くない位置に立って、そいつが誰だか確認しよう。二人は計画を実行に移す。

二時間後、職場の友人がダリヤの家を訪れて報告する。男は君が家に入るまであとを追っていき、そのあと君の車まで行って、車内を覗《のぞ》きながら十五分間あたりをうろついていた。それから向かいの高層ビルに消えてった。

友人は話しながら、窓から見えるさほど遠くない距離にあるビルを指さす。

ダリヤはいったん席を外し、元夫が持っていたバードウォッチング用の双眼鏡を持ってくる。そっと窓に近寄って双眼鏡を覗くと、あるものが目に飛び込んでくる。向かいのビルの五階のベランダに望遠鏡があって、例の男が彼女の家のなかを覗いている。

## 3

次の日、ダリヤがカフェの店内にいると、いきなり例の男が入ってくる。男はダリヤの背後に座り、彼女を眺《なが》めている。ダリヤは深呼吸し、男の方を振り向く。

「何が望み？」

男は凍りつく。

「なんで私のあとをつけてるの？」

男はくぐもった声で「何の話かわかりません」と言う。

「いいえ、わかってるはず。私のあとをつけてるじゃない。私の家に望遠鏡を向けてるでしょ。目的は何？」

「すみません」と男は言う。「ぼくはあなたを知りません。話しかけないでください」

「何？　そうやって逃げる気？」

男はダリヤを無視して、携帯ゲームをするふりをする。

二日後、ダリヤは双眼鏡越しにふたたび男を見る。男は座ったまま望遠鏡で彼女を観察している。ダリヤはカーテンをさっと開けると、怒りに震えながらこちら側からも見ていることをアピールする。そして身振りで「いったいなんなの？」と訴えたまさにその瞬間、男が自慰行為をはじめたので、どうやら男は私立探偵ではなさそうだとわかる。

# 4

ダリヤは窓のカーテンをぜんぶ閉め切り、これで男にあきらめてほしいと願う。神経はすり減り、息子は落ち着きをなくして延々と泣き続ける。一週間が過ぎてやっと男を見かけなくなったと思ったある日、男は職場の駐車場で待ちぶせしている。夜の七時をまわっていて、駐車場には人影がない。男に気づいて、ダリヤは足を止める。男はにやりと笑う。

「警察を呼ぶわよ」

「呼べよ」と男。「俺が何をした？　ここに車を停めてるんだ」

「そう？　どこに⁈」

「いま見せてやるよ」男はそう言って彼女の方に歩み出す。

ダリヤは向きを変えて駆け出し、オフィスに戻る。

その夜、ダリヤは警察に通報する。

# 5

女性警官はダリヤに言う。「その男は、いまそばにいますか？」

「いいえ。私はオフィスです」

「脅迫されたらただちに連絡していただかないと」女性警官は言う。

「そんなこと言ったって怖いのよ！　誰かよこして！」

「過去にもその男から脅迫されたことがありますか？」

「いいえ、でも――」

「過去に脅迫されたことはないのですね」と女性警官は結論づける。「現時点でも脅迫されているわけではありませんね。そういった事例でパトカーを出動させるわけにはいきません」

「あとをつけられてるの！　望遠鏡で私の家を覗いてるのよ！」

女性警官はため息をつく。「苦情の申し立てを受け付けて、確認のために人を派遣もできますが、今日は無理です」

「ならいつ？　私が殺されたあと？　そしたら来てくれるの？」

「落ち着いてください」女性警官は言う。「あなたを助けようとしてるんですよ？」

数日後、ダリヤはまたもや男に遭遇《そうぐう》する。今回は白昼堂々、テルアビブのバーゼル通りをついてきて、隠れようとさえしない。ダリヤはその足で警察署まで行き、苦情を申し立てる。二日後の真夜中、彼女のフェイスブック上に突然男が現れる。

「警察を送り込んだな」と男は書いてくる。

ダリヤはラップトップ画面の前で凍りつく。

「警官が来たぞ」男は書き続ける。「感じのいいやつらで、話がはずんだよ」

ダリヤはフェイスブック上で男をブロックし、次の日、警察に行って苦情申し立ての経過を確認する。

「担当者が男と話したようです」と、コンピューターをチェックした警官がダリヤに言う。「あなたのことを知らないが、先週カフェであなたに怒鳴られたと言っています。本当ですか？」

「カフェまでつけてきたからよ！」

「だったら男と口を利《き》かないようお勧めします。そうすれば男も話しかけてこないので、万事終了です」

ダリヤは担当者を睨《にら》みつける。その夜、またもや望遠鏡が姿を現す。今度はビルの室内から。

## 6

警官たちが来ては去りを繰《く》り返《かえ》し、それから来なくなる。ストーカーはあらゆる場所に出没するようになる。買い物中の店内。職場のエレベーターのなか。映画館の三列後ろの席。ダリヤは正気を失いそうになる。

最後に警察署を訪れたときには、堪《こら》えきれずに泣き出して、外に飛び出す。捜査官の一人が彼女のあとを追う。ベテランの、名前と役職は伏せるが、あらゆる経験を積んだ捜査官である。捜査官はダリヤに近寄って言う。

「あなたを助けることはできません。男が何か暴力行為を働かない限り、打つ手はない。それに、あなたがカフェで男をまた怒鳴れば、男は苦情の申し立てができる」

「なら、どうすればいいんですか?」ダリヤはすがるように聞く。

「まあ……別の解決策はどうでしょう」ベテラン捜査官は言う。

捜査官はラマト・アビブに住むある犯罪者が、この種の問題を解決できるという話をする。「五千シェケルほどかかるでしょう」捜査官は淡々と言う。「彼の使いが男と話をつけます。そのあとは悪さをしないでしょう」

「そんな話、信じられない」とダリヤは言う。「よりによってあなたがその話をするの？警官が？」

捜査官は肩をすくめる。「あなたを助けようとしてるんですよ？」

ダリヤは捜査官を見た。

「五千シェケルね？」

「大体それくらいです」

「で……その人は男をどうするつもり？」

「話をつけるんです」

「まさか……」ダリヤは言葉に詰まる。「まずいことになってほしくないの」

「五千シェケルで？」捜査官は呆れる。「五千シェケルで何ができるんです？」

## 7

ベテラン捜査官はヴァディムという男に依頼してみなさい、とダリヤに電話番号を渡す。

ダリヤが電話をかけると、ロシア語訛《なま》りの男が気さくに応答する。「ああ、ああ、連絡が来ると聞いてたよ」

「それで……」

「ある人間を送り込むから、そいつに現金で五千シェケル渡してくれ。詳しいことはそいつに教えてやってくれ。いいな?」

次の日、ダリヤは銀行から五千シェケルの現金を引き出し、封筒に入れ、辛抱強く待つ。八時、大男が家のインターホンを鳴らす。若い男で、人間とダンプカーの中間みたいな風体をしている。大男は「頭のおかしいやつはどこにでもいる、そこら中にね」と言って、悲しそうにうなずく。大男は封筒を受け取ると、札を数えてうなずき、「心配無用です、我々が話をつけます」と言って立ち去る。


一週間が過ぎ、二週間が過ぎる。三週間が過ぎ、もう、ストーカーの姿は見えない。五千シェケルの成果だ。ダリヤが電話番号をくれた捜査官に連絡すると、彼は「為《な》せば成る、ですな」と言う。

それから一か月が過ぎたある日、車から降りたダリヤの前にいきなり男が現れる。男はドンドン、とボンネットを叩《たた》き、ダリヤは恐怖で泣きそうになる。男はダリヤに近づく。男の息が顔にかかる。

「チンピラを送り込んだな、え？」

ダリヤは答えない。

「ヴァディムとか言ったな、アホが、俺がビビるとでも思ったか？」

「行かせて」ダリヤは叫ぶ。「行かせてよ、お願いだから！」

「行けよ、とっとと、誰が邪魔するってんだ。このアバズレが」男が脇にのくとダリヤは走らないよう、恐怖を見せないよう歩いたが、男が背後から声をあげる。「あの子によろしくな、ってみんな言ってるぜ」ダリヤは歩き続けるが、足が絡《から》まって転びそうになる。男の笑い声が聞こえる。「あの子はいまどこにいるんだっけ？　そうそう、保育園だよな？　あの太った赤毛の保育士と……」

ダリヤは家に着くなりソファに倒れ込み、一時間近く身動きもできない。

**8**

二時間後、バリウム二錠、白ワイン、それからダリヤの母親に息子を見てもらい、ダリヤはバスルームにこもってヴァディムに電話をする。応答はなし。二度かけたあと、ダリヤはアパートメントに来た人間ダンプカーの電話番号を見つける。

人間ダンプカーはすぐに電話に出る。

「これ以上、この番号にかけてくるな」

「でも、話をつけるって言ったじゃない」

「話はついた」

「じゃ……まだ足りないってこと？　もっと必要なの？　ヴァディムはどこ？」

「ヴァディムは病院だ」人間ダンプカーは人間冷蔵庫と化して、冷たく言う。「二度とかけてくるな」そして電話が切れる。

次の日の朝、ダリヤの車のフロントガラスが糞尿で汚されている。

ダリヤは手助けしてくれた捜査官にもう一度会いに行く。捜査官はため息をついて言う。

「ネタニヤ（イスラエル中央北部の街）にいる犯罪者がヴァディムをかくまっているようですね。病院へ入院させたんでしょう」

「なら逮捕して！　犯罪者とつながりがあるってわかってるんでしょ……」

「我々が何をわかってるというんです？」捜査官は言う。「あなたは五千シェケル払い、向こうは五万シェケル払った、というまでです」

　捜査官は立ち去ろうとする。ダリヤはその腕を摑《つか》む。

「お願い」とダリヤは言う。「助けて。このままだと殺される。どうしたらいいの」

　捜査官は座り直す。こんなふうに怯《おび》える若い女性を見るのは苦手だ。捜査官はこの件に巻き込まれるべきではないと承知しているが、だとすれば、警官である意義とはなんなのだろう？

　捜査官は慎重に「ロド（テルアビブの南東に位置する街）にある男がいます」と言う。

「ロド？」

「年寄りのアラブ人です。彼はかつて……もし彼の手にかかれば、あのネタニヤ人は地球の裏側まで逃げるでしょう」

　ダリヤは疑いぶかく警官を見た。

「何を望んでるんです？　助けがほしいんじゃないんですか？」

# 9

　ロドにいるその男はハリルといって七十歳になる。ハリルと会ったのは、名前は伏せるが、人で賑《にぎ》わうショッピングモール内のカフェ。ベテラン捜査官がセッティングし、ダリヤが不安になるほど彼はハリルを丁重に扱う。三人がイスラエルの有名なチェーン店の奥の席に腰を落ち着けると、店長はこれ以上客が増えないよう気を使った。

「わしとこのショッピングモールは、とてもいい関係を築いていてね」とハリルが言う。

「そうでしょうね」と捜査官が言う。

「なんだ？　わしがみかじめ料を取っているとでも？　すべては法に則ってのことだ」

「はあ」

「説明すると、このショッピングモールはすばらしいし経営も非常に順調だ。ただし、もし感じがよくなかったら、わしはロドの麻薬中毒者たちをバス三台に乗せ、一人ひとりに五十シェケル渡してこう言う。『さあ、このなかで自由に買い物し、コーヒーを飲んで来なさい』とね」

「なるほど。ショッピングモールを二百人のアラブ人たちが歩きまわるというのは……買い物客たちにとっては心中穏やかではないでしょうね」

「だろう？」

ハリルは笑いながらコーヒーを飲む。それから真剣な面持ちになって、用件は何かと尋ねる。ダリヤはひと息吸い込んで、話す。

ダリヤが話し終えると、ハリルは悲しげに首を横にふる。「そんなこと、あってはならん」

ダリヤは希望を込めてハリルを見つめる。「それで、解決できます……」

「ああ、ああ。できると思う。おしまいにできるだろう」

ダリヤは信じられない。こころが弾む。そんなことありえる？　たった一人の男が、簡単にすべてを終わらせることが？

「それで、お代はいかほどでしょう」とダリヤは聞く。

ハリルは手を横にふる。「いらんよ」とハリルは言う。「わしの名誉のためだ」

「ですが……」と、ベテラン捜査官が割って入る。「念のために申しますと、ハリルさん、彼女は別にそういうつもりでは……あなたの事業やなんかに関わるのは避けたいわけでして……」

「いったい何を言っとる？」ハリルは気分を害する。「彼女を巻き込む？　そんなわけはなかろう！」

「いえ、ただ……」

「わし自身、もう事業からは手を引いてるんだ」ハリルは捜査官に釘《くぎ》を刺す。「おまえさんもそのことは知っとるだろうに」

## 10

そして、ハリルがすべてを解決した。彼らが会った二日後、アパートメントのインターホンが鳴り、そこに若い女が立っている。

「はい？」

「ハリルの使いです」女性には若干アラビア語訛りがある。

半信半疑でダリヤは扉を開ける。女は大きい封筒を差し出す。

「これにサインするんですか？」

女はダリヤをじっと見つめる。

「ちょっと待って。チップを」

「いえ、いりません」女はそう言って立ち去る。ダリヤは扉を閉めて封筒を開ける。なかには過去数か月にわたって彼女をストーカーしていた男の写真が入っている。男は怯え、あきらめきったように見える。手紙には手書きの文字でこう書いてある。「私、〇〇（男の名前は省略する）はダリヤ・〇〇（苗字《みょうじ》が入る）を困らせ、心理的損害を与えたことを認めます。私はダリヤ・〇〇に許しを乞い、二度とこのような加害行為を働かないと約束します」

封筒のなかには、メキシコ行きの航空券を撮影した写真もある。男の名前が記載された片道航空券だ。

問題解決。一か月後、ハリルから電話がかかってくる。ハリルはダリヤに元気かと聞き、すべて何事もなく、うまく収まってよかったと伝える。それからハリルは丁重に、お返しとして、ちょっとしたお願いごとをきいてくれないだろうかと言う。

ダリヤは息をのむ。

ハリルはダリヤが言葉に詰まっているのがわかると、丁寧な口調で続ける。少しのあいだ、スーツケースを二、三個、お宅に置かせてもらえないだろうか？　これは個人的な頼みごとだ、と。

ダリヤはスーツケースのなかに何が入っているかを聞かない。

ハリルも言わない。

ハリルは、できればこのことは内密にしてくれるとありがたい、とだけ付け加える。二人の共通の知り合いでもある、あの捜査官にも知られないようにしてほしい、と。

「君が助けを必要としていたとき、警官たちがどこにいたか考えてみてくれ」

ダリヤは考え、ハリルの言うことは正しいと思う。

## 11

スーツケースには純正のヘロインが入れられる予定だ。以前ほど使用されなくなった、有名なガザのトンネル（エジプトとガザの国境沿いに掘られている密輸用トンネル）から密輸されることになっている。ハリルが明言したわけではないが、ダリヤはそう理解する。というのも、ハリルが彼女の家を訪れたとき、家のなかを舐《な》めるように見まわし、いたく満足げだったのだ。ハリルにとっては数週間、誰からも怪しまれない置き場を確保できればそれでいい。事が済めばスーツケースは家から運び出され、ダリヤの借りは返されたことになり、二人は別々の道を歩むことになる、とハリルは約束する。

ダリヤは恐怖に震えるが、抵抗しようとはしない。息子を母親に預けると、一人でアパートメントに留まり、スーツケースの到着を待つ。

しかし、スーツケースが到着するはずのその日、戦争がはじまる。ハリルはガザで身動きが取れなくなってしまう。ハリルは例の悪名高いトンネルを抜けて向こう側へ渡ったきり、戻って来れなくなる。それでもハリルはダリヤに電話をかけ、ほとんど聞き取れないような声で、多少時間はかかるが必ずそっちに行く、と言う。

一日が経ち、二日が過ぎる。そして多くの人の記憶に残っている拉致《らち》事件[*1]の疑惑が浮上し、国防軍が「ハンニバル作戦」[*2]の実行に踏み切り、エロ動画を見終わったネットのコメント投稿者が夜に夢想するような行動を、ガザ地区南端のラファフに向けてとる。その夜、ガザのヘロイン工場が破壊され、ヘロイン製造者が殺され、同時にハリルも殺され、数十キログラムのヘロインもトンネルの爆破とともに地面の下に埋もれる。ちなみに、国防軍

＊1　二〇一四年六月ヨルダン川西岸イスラエル人入植地のバス・ヒッチハイク乗り場でイスラエルのティーンエイジャー三人が誘拐され、その後、遺体となって発見された事件。イスラエルはハマスの犯行を主張。二〇一四年のガザ侵攻につながったとされる。

＊2　イスラエル兵が捕らえられるのを防ぐという目的の下、兵士に危害が及ぶ恐れがあっても最大限の武力を行使することを許可する指令。国際法に違反する可能性からイスラエル内外で物議を醸《かも》し、二〇一六年に指令そのものが停止される。

は今日に至るまでこのことを知らない。知っているのはダリヤだけだ。なぜなら、彼女は瓦礫《がれき》に埋もれた状態のハリルから電話を受け、最後に会話をしたからだ。

ハリルはダリヤに言う。「君をストーカーしていた阿呆を始末できただけでもよかった」

「ええ」とダリヤ。

「天国に行って、自分は少なくともひとつはいいことをした、と言える。きっと天国に受け入れてもらえるだろう」

「ええ」とダリヤは言う。ほかに何も言うことが思いつかない。凄惨《せいさん》なことが起きている。が、ハリルが死にかけているという事実で、荷が軽くなる気がする――とんでもなく。

「怖いですか？」とダリヤは聞く。

「いや、まったく」

「なぜ？　天国を信じているから？」

「そうじゃない」ハリルは消えそうな声で言う。「ヘロインをたっぷり吸ったからだよ。最高の気分だ」

「ああ」

彼はまだ何か言おうとしていたが、電話はそこで途切れる。

# 重さ

## 1　はじめに

それぞれの人生には、重心がある。この物語の主人公は、自分の重心を知っている。誰しも、自分の生《せい》の重心に、ふと気づくことがある。目に見えないが、その人の全存在が寄りかかっているような重心だ。固有の世界が生まれ、還《かえ》っていく場でもある。そういう重心を持つことを、幸福と呼べるのかもしれない。

## 2　「重さ」より

「私の最も古い記憶のひとつに、日の出とともに父と車でサンフランシスコのゴールデンゲートブリッジを渡った思い出がある。父が配管工として働いていた海軍造船所へ、船の進水式を見に行くためだ。一九四三年秋、私の四歳の誕生日だった」

「到着すると、黒と青とオレンジ色の鉄板で装甲された巨大なタンカーが出番を待っていた。船は高台に不自然なほどバランスよく載っていて、四歳の子どもの目には高層ビルが倒れているように見えた。私は父と船上を歩き、マストのロープ越しに巨大な真鍮《しんちゅう》のプロペラを見たりした。すると突然どよめきが起き、船の支柱、梁《はり》、厚板、ポール、ボルト、キールブロック、荷敷きが取り除かれ、係留ロープと連結用金具が外された。巨大で重い船の移動と、作業員の軽快な動きがまったく釣り合っていなかった。足場が外され、船が傾斜台を滑って海へ入っていくと、あたりは大歓声に包まれ、霧笛や口笛が響き渡った」

「補助器具の外れた船は丸太の上を転がり、船架を勢いよく滑っていった。タンカーが荒波に入ると、周囲に緊張が走った。船は激しく揺れて傾き、半分沈んで浮き上がり、バランスを取り戻す。船が安定すると、観衆もほっとひと息ついた。巨大で頑強なタンカーが浮遊物に変身し、海を自由に漂いだしたのだ。そのとき感じた畏怖と驚きは、いまでもこころに焼き付いている。私の作品に必要な素材はすべてこの記憶のなかにあり、繰《く》り返《かえ》し夢に現れる」――（リチャード・セラ、『ライティング・インタビュー』より）

### 3　リチャード・セラ

一九九七年の冬の初め、ぼくは一週間、一人でロンドンに行った。妻は妊娠後期に入り、ぼくは丸二年かけて製作した映画がお蔵入りになった頃だった。ちょうど、マンチェスターでぼくの敬愛するコメディアン、リック・メイヨールとエイドリアン・エドモンドソンが型破りで辛辣な、新作のコメディショーに出演していた。一人旅に出る理由はいくつもあった。リチャード・セラの彫刻もそのうちのひとつだったのだ。

口には出しづらいが、ぼくはしばらく彫刻と二人きりになりたかった。三、四階建てビルほどの高さがある巨大な五枚の鋼鉄プレートが小さな点で触れ合い、互いを支えながら、膨大な質量をその点に閉じ込めている。ロンドン東部の「リバプール・ストリート駅」に立つ環境彫刻だ。と、ここまではロンドンにある彫刻作品の紹介にすぎない。

ぼくが彫刻を「見たい」とは言わず、「二人きりになりたい」と言ったのは、リチャード・セラの彫刻に見るべきものがないからだ。格別美しいわけでも、主張もコンセプトもなく、見て理解し、うなずけるようなものは何もない。鋼《はがね》はあくまで鋼だ。

だが、この欠落こそが重要なのだ。小さな空白の点に全重量がのしかかり、途方もないエネルギーを閉じ込める。驚くのは、互いのプレートの重みで静止しているのに、彫刻が生きていることだ。無機質のプレートは自分を抑えこもうと、絶えず運動している。この隙のない動きが彫刻を生命のない物体だと錯覚させる。

ぼくは、セラの彫刻に近いが街の中心部から離れた、変わった立地のホテルに部屋を取った。毎朝この彫刻の横に来て煙草《たばこ》を吸い、コーヒーを飲んで一日を始める。寒い、晴れた一週間で、歌うような天気だった。一日目の朝が終わると、ぼくは一歩引いて彫刻を観察することにした。リチャード・セラが世界の重心の秘密を知っているというぼくの仮説が正しければ、彫刻はまわりに影響を及ぼしているはずだ。で、どんな発見があったか？彫刻はまわりを支配し、導き、消耗し、飲みこんでいた。

こんなふうにも言える。行き交う人々、都会の喧騒《けんそう》、電車、冷たい外の空気、暖かい駅の構内を想像してほしい。赤い石造りの古い家々に面した真新しいオフィスビル群。朝のシティーに集《つど》うビジネスマン、足早に通り過ぎる高価なスーツに身を包んだ若者たち。

駅の入り口と、三つの高層オフィスビルのあいだの小さな広場に立つこの巨大な物体を、電車や仕事に向かう人はかならず迂回《うかい》しなくてはならない。リチャード・セラは、先を急ぐ人を遠まわりさせ、脇に押し出し、引き戻すように彫刻を据えた。

当然、急げば急ぐほど外側に押し出され、戻るにも力が要《い》る。空白の点は、無意識に働きかける。一方、時間をもてあましている人は、より小さく、親密な円を描き、台風の目である鉄の塊に接近する。このことを感じ取った人は、彫刻に気づいて足を止める。目を見張り、その場に立ち尽くす。

サンドイッチ。毎朝、ぼくは駅構内にある小さなチーズ店でサンドイッチを買った。それから時刻表の横にある、ビジネスマン御用達《ごようたし》のカフェ「コスタコーヒー」でラージサイズのカプチーノを買い、外に出て、彫刻の向かいの階段に座って一時間を過ごす。そこでぼくはリサ・フィンチと出会った。

## 4　リサとの一週間

一日目。

リサは用紙の束を金属ボードに留め、ペンを片手に小さな広場のすみに立ち、通行人を呼び止めて質問し、紙に印をつけていた。ぼくは一時間ほど座っていたが、寒くなったので、コーヒーを買いに駅構内に入った。三十分ほどして戻ってくると、彼女は用紙を抱えたまま、寒さから足踏みしていた。

リサは若くて年は二十代くらい、どこか頑固な印象を受けた。寒さのなか立ち続け、通行人にくだらない質問を浴びせれば、誰だって頑固に見えるだろう。しかし、彼女の頑固さはもう少し根が深く、悲しい感じがした。ボディランゲージは全世界共通の言語だが、彼女が使うロンドンの文法にぼくは馴染《なじ》みがなかった。

ぼくは人の観察以外にすることがなく、二十秒経っても視界から消えないのはリサだけだった。ぼくは彼女を見た。もう一度。立ち去ろうとした瞬間、彼女がやって来て煙草を一本くれないかと聞いてきた。

「寒くなってきましたね」とリサは言って、ぼくが火をつけるのを待った。

「たいしたことないよ」

「働いてると寒く感じるものよ」リサはニコッとして言った。彼女は軽く会釈すると、通行人を邪魔しに広場へ戻った。ぼくはその場を立ち去った。


二日目。

「また来たのね」と言って、リサはぼくが座る階段に近づいて来た。

「きみもね」

「お金のためよ」

「何の仕事？」とぼくは聞いた。

「保険会社のアンケート調査」とリサは言った。ぼくが煙草を差し出すと、彼女は受け取った。

「一時間四ポンドってやつよ」リサは煙草を吸って両手をさすった。「あなたはここで何してるの？」

「何も」とぼくは言った。「彫刻を見に来ただけ」

「何の彫刻？」リサは不思議がった。

ぼくは二人の頭上に聳《そび》える、五枚の巨大な金属プレートを指さした。

「へえ」とリサは言った。彼女は驚いたように上を見上げた。「一週間いるけど、気がつかなかった」

「気がつかなかった？　そんなことありえる？」

「あるのはわかってたけど、彫刻とは思わなかったのよ」


三日目。

ぼくはリサがアイルランドで生まれ、ロンドンに一年以上住み、小説家志望で、三年間つき合っていた彼氏がある日突然いなくなり、それはつい三か月前の出来事で、まだ立ち直れていないことを知った。そう、ぼくたちはそんな話をする仲になっていた。

　リサは、ぼくが退役士官で、戦場で戦火と血を見て親友を失い、平和を支持しているが、いつかまた戦わなければならない日が来るとわかっている、ということを知った。なぜそんなことを言ったのかわからない。ぼくはよく考えずに次々と嘘をつき、二言目には繊細なイスラエルの兵士「哀れな馬鹿野郎ズィック」になっていた。子どもの頃に影響を受けた神話に背を向け、無関心になって何年も経つのに、いまになって突然現れたのだ。ちなみに、ぼくはリチャード・セラが大好きで、英語も得意なんだ。リッスン・ベイビー、ぼくはイスラエルの元首相エフド・バラクと歌手のエフド・バナイを足して二で割ったような人間なんだ。そんな調子で経歴を偽っていると、リサがぼくの嘘にのっかってきて、後戻りできなくなる。

「えっ、うそ！　あなたってイスラエル人？」

「うん」とぼく。

「私の母もよ！」

「まさか」心臓がドキドキしてきた。

「シャローム・ハノフ（イスラエルのロック・ミュージシャン）って歌手知ってる？」

「いや、直接は」ぼくは話をそらそうとする。

「娘のマヤは？」

「えっと……」


四日目。

リサは疲れ気味で、洟《はな》をすすっていた。ぼくは彼女のためにコーヒーを余分に買って行った。コーヒーを差し出すと、彼女は顔を赤らめて、ありがとう、と呟《つぶや》いた。

「来て、私も階段に座るわ」とリサは言った。

「客を逃しちゃわない？」

「大丈夫」リサは咳《せ》きこみながら言った。「私は客に評判がいいの。ブリクストンから来た人なんてわざわざ私のところに来てアンケートに答えるのよ。さ、座りましょ。足が痛いわ」

ぼくたちは座って一時間近く話した。内容は覚えていない。冗談も交えながら、気づけば話が弾んでいた。会話がやむと、リサはぼくの目を見て、紙に電話番号を書いた。ぼくはためらいつつ紙を受け取った。

「今夜、予定ある？」リサが聞いた。

「何も」とぼくは言ったが、それは本当だった。その日は金曜日、ぼくは自分なりに安息日を守っていて、夜は予定を入れてなかった。ホテルに腰を落ち着け、前日に買った本を読んだり、テレビを見たりするつもりだった。

「連絡して」とリサは言った。「出かけましょ。いろんなとこへ案内するわ」

「うん」ぼくは微笑《ほほえ》んでうなずいた。「そうだね」

「連絡くれる?」

「もちろん、もしできたら……というのも……」

「都合がよければね」とリサは言った。彼女はもう一度ぼくを見ると、立ちあがって仕事に戻った。

ぼくは電話をしなかった。別の日なら、誘惑に負けていたかもしれない。一介の観光客に親切にしているだけでないのは、彼女のそぶりからわかった。ただ、別の日なら自分に言いわけできても、安息日はそうはいかない。

金曜の夜はホテルでだらだら過ごした。たまにはそんな安息日もある。過去一年分の、砕け散った希望がのしかかってくるような日だ。

翌朝、リチャード・セラの彫刻の前に行ったが、ロンドンでは週末がはじまったばかりだと忘れていた。リサの姿はなく、翌日の日曜日も彼女はいなかった。

七日目。

月曜日になり、朝遅く広場に着いたが、やはりリサはいなかった。ロンドンで過ごす最終日だった。ぼくは座って、毎日食べているサンドイッチをほおばり、煙草を二本吸って立ち去ろうとした。そのとき、リサが現れた。手にコーヒーカップを持っていた。

「やあ」とぼくは言った。

「ハーイ」

リサはバッグを肩からおろし、紙の束を取り出した。気がつくと定位置にいて、時給四ポンドで通行人を捕まえて質問していた。リサは茶色い瞳《ひとみ》をチラッとこちらに向けただけだった。一方、道行く人にはやけに親切だった。

「リサ」アンケート調査の合間にぼくは声をかけた。

「はい？」

リサはアンケート用紙から目を上げなかった。ぼくが話題を探していると、もう次の客に向かっていた。少しすると、ぼくは立ちあがり、その場をあとにした。

深夜、ぼくはすでにテルアビブにいた。そこにはぼくの帰りを待つ妻と、一か月後に誕生する最愛の息子と、息子と一緒に生まれる生計を立てることへの不安と、ロンドンから戻ると同時に始まった、それまでの生活とは何もかも、まるきり異なる生活が待っていた。

## 5 「重さ」より

「重さは私にとって価値がある。軽さより奥が深いからではない、単に重さの方を多く知っているので、言うべきことも多くなるのだ。重さのバランス、重さの加減、重さの利用と集中、重さの支持と配置、重さの固定方法、重さが心理に与える影響、重さがもたらす不安と混乱、重さの移動と回転、重さの方向決定能力、重さの形状について、言うべきことがある」

「少しずつ変化し続け、万有引力の法則の喜びを教えてくれる重さについて、言うべきことがある」

「重い鉄の加工、加熱炉や圧延機、平炉について、言うべきことがある」――（リチャード・セラ、『ライティング・インタビュー』より）

# 眠り

Dはかつて、ある男を殺したかった。男は恐ろしい悪事を働き、半年間の奉仕活動を罰として科された。Dはこれから自分がやろうとしていることがその後の人生を永遠に変えるかもしれない、捕まることだって十分あるとわかっていたが、そんなことはどうでもよかった。何もなかったみたいに暮らすことはできなかった。その男は、Dの娘に卑劣なことをした。男が服役を終えた一年後、娘は自《みずか》ら命を絶《た》った。すべて一九八〇年代初めのことだった。

作戦実行にあたって、Dにはある問題があった。Dは六十歳を超えた、法律を順守する市民で、道にバナナの皮を捨てたこともなければ、ましてや人を殺したことなどなかった。加えて、Dには十分な動機があったから、男の死体が発見されたら一時間も経たずに捜査員がDの自宅玄関に来るのは必定《ひつじょう》で、そのためにアリバイをつくる必要があった。

あんなことが起きた以上、もうこの国では生きていけない、とDは妻に言った。Dは会社を辞め、退職金を持って妻とアメリカへ渡った。そして一年後、大金を使って偽造パスポートを手に入れた。名前を変えてこの国に戻ってきたDは、出国してから一年半後、男を殺そうとあとをつけ始めた。

Dはテルアビブの海辺のさびれたホテルを拠点に、到着した日に購入した中古のフォード・タウヌスでほとんどの時間を過ごした。朝五時に起きて男が家を出るのを見届け、一日じゅう、片時も男から目を離さずにあとをつけ、真夜中になってやっと眠りについた。二か月も経つと、Dは男の生活パターンを正確にそらんじられるほどになった。車を停める場所、会社の滞在時間、プライベートで会う人間、家に帰る時刻といったすべてを把握した。男に愛人らしき女がいることも明らかになった。週に二回、男のオフィスを掃除する若い女で、午後になると、男はちょくちょく彼女の借りるアパートメントにやって来て、窓を開け放ったまま声をあげてセックスに興じた。季節は夏、クーラーもない部屋は一階だったので、外からは見えるし、声もつつぬけだった。ときおり、男は女の部屋で別の男と面会した。男を通じて以前、軍の盗品を売りさばいていた国防軍の少佐だった。

私がここまで詳しく話すのは、男の人生をひっかきまわすに十分なネタをDが摑《つか》んだと理解してもらうためだ。しかし、Dはそういったことに関心がなかった。ただ男を殺すと決めていた。二か月後、Dは実行に移す時が来たと思った。

男はとある業者と親密に取引をし、あるプロジェクトに多額の金を投資していた。市外の開発地区に高級オフィスビルを建設するというプロジェクトで、男はその業者のために土地を半値で手に入れた。ときどき、男は打ち合わせや仕事を終えてから、夜になって建設現場へ足を延ばす。男は現場に着くと懐中電灯を点《つ》け、コンクリートの骨組み部分を上り、工事用エレベーターに乗って一番上まで行く。そこで腰をおろして、一人、街を一望する。このプロジェクトは男の人生がかかった一大ビジネスで、男はこれを機に大金持ちになるはずだった。

夜になると建設現場は閑散とする。アラブ人の警備員が一人いたが、夜十時を過ぎると仮設事務所にこもって寝てしまう。男を殺すには、最上階から突き落とすのが一番良さそうだった。誰にも落下音を聞かれないし、翌朝まで死体も発見されないだろう。ことを終えたら、現場を秘かに立ち去り、次の便でアメリカに戻る。唯一の難点は、Dが男のあとを追って上まで行けないことだった。男はDより若く、力も強いうえ、誰かにつけられていると気づけば、——最上階には建設用エレベーターを使って行くしかないので、どうしたってエレベーター音がする——男はDに向かってくるだろう。Dは六十三歳、身体《からだ》の調子は絶好調とは言えなかった。五階の足場で男と真正面からぶつかりあえば勝ち目はない。となれば、不意をつく形で男の前に姿を現すしかない。

Dに残された唯一の解決策は五階で男を待ちぶせることだった。決意を固めた日から、Dは男のあとを追うのをやめ、毎晩、建設中のビルの上で待ちぶせた。夜十一時に現場に到着すると、警備員が寝るのを確認して、エレベーターで上に行く。そして明け方の三時まで男を待ち、エレベーターで地上に降りてその場を去る。こうして一晩、また一晩と過ぎていった。いずれ男はやって来ると、Dは確信していた。

一か月後、Dは計画が失敗したのではないかと怖くなった。男は建設現場に来なくなった。Dはあきらめようかとも思ったが、別の作戦も思いつかない。しかたなく、Dは夜な夜な男を待ち続けた。Dは男が来るはずだという自信を失《な》くし、うたた寝してしまったことさえあった。だが、男が姿を現した晩、Dは完全に正気だった。Dは興奮のあまり、手に持っていた熱い紅茶のカップを落としてしまった。

Dはその場で凍りついたが、男とは距離があったので、気づかれずに済んだ。Dは魔法《まほう》瓶《びん》と寒い夜に掛けていた毛布を回収し、コンクリートの柱の陰で男を待つことにした。

じきに男が現れ、いつも座っている場所に腰をおろした。Dは心を落ち着かせようと深呼吸した。心臓の鼓動が激しくなり、汗をかいた。足が震え、そばの梁《はり》を摑《つか》んだ。男の背中を見て、さあ行け、ほら、とっととやれ、さあ！　と、自分をけしかけた。だが、身動きできない。急に良心が咎《とが》めたわけではなく、単純に足が動かなかった。刻一刻と過ぎ、男は立ちあがってズボンをはたくと、下へ降りて行った。Dは男が遠ざかって車に乗り込み、走り去るのを眺めた。

しばらく経っても、Dはその場に立ちすくんでいた。なぜこんなお粗末な結果になってしまったのか理解できなかった。それから、座り込んでまっくらななかで泣きだした。一時間ほどして、Dはホテルに戻ることにした。疲れ果て、意気消沈しながら立ちあがった瞬間、さっきまで摑んでいた梁に頭を打ち、バランスを崩した。Dはよろめき、何かに摑まろうとしたが手がすり抜けて、そのまま真っ逆さまに落ちていった。

Dが落ちたのはセメント袋の山の上だったので、死にはしなかった。しかし、頭を強く打ち、意識を失った。朝になって到着した作業員たちが意識のないDを発見した。Dは病院に搬送され、なんとか一命は取り止めたが、意識は戻らなかった。数か月後、Dはルービンシュタイン病院に移された。医師たちはDのコートのポケットに偽造パスポートを見つけ、Dは偽名のまま病院に登録された。誰もDと、Dが殺そうとしていた男を関連づけることはなく、そもそもDがあの建物で何をしていたのか、誰にも知る由《よし》がなかった。すべてはいまから十四年前の出来事である。

ここで時計は一気に進み、舞台は二年前のルービンシュタイン病院へ移る。着任してまもない医師の脳裏に考えがよぎった。Dが昏睡状態になったのは頭部を強打したせいに違いないが、植物状態が続いている原因は全く別のところにあるのではないか？　医師は実験を開始し、すぐに問題を突き止めた。胸部の分泌腺《ぶんぴつせん》が、入院時には機能していたのに、その後機能しなくなっていたのだ。この話を私にした人は医学用語を交えて詳しく説明してくれたが、口に出すと笑ってしまいそうなので言うのは控える。ラテン語だと良い響きなのだ。若い医師は、分泌腺が作り出すはずのホルモンを少量ずつDに投与すると、まもなくDに生命の兆しが現れた。一週間も経たないうちにDは身体を動かせるようになり、話せるようになった。とはいえ、意識がなかった十二年のあいだに筋肉は萎縮《いしゅく》し、声帯も弱っていたから、動くのも話すのも大変だった。それでも、一か月後には一人で歩けるまでになった。

十二年と四か月、Dは眠っていた。連絡がつかないままアメリカで夫を待ちつづけていた妻は、その間に他界した。妻はイスラエルから夫が帰ってこないので大使館に行って調べてもらうと、夫がイスラエルに滞在した記録は一切ないと言われた。死んだ娘が夫妻の唯一の子どもだった。妻は傷心を抱えてイスラエル中西部のラマト・ガンの自宅に戻った。家に閉じこもり、日に日に困惑に囚《とら》われ、ついには心を閉ざして誰とも話さなくなった。彼女が亡くなる三年前、知人の一人がラマト・ガンの家を売却するのを手伝ってくれた。それから彼女を生まれ故郷にほど近い、できたばかりの高級老人ホームに入居させ、彼女は残りの人生をそこで過ごした。

Dが殺そうとした男は、破産して国外に逃亡した。少なからぬ人間が男の所在を知りたがったが、この件が記された当初は、債権者の誰も彼の居場所を知らなかった。噂《うわさ》によると、国外に持ち出せた金で優雅な生活を送っているとのことだったが、あくまでも噂である。男が優雅な暮らしをしていれば、とっくに発見されているはずだ。

Dの友人や知人のほとんどは、Dが眠っているあいだに死んでしまった。いま私がここに綴《つづ》っていることをすべて話してくれた人物を除いて、皆この世を去ってしまった。

これで話は終わりだが、実は続きがある。意識が戻ったDに、若い医師は「何があったのか覚えていますか」と聞いた。Dは、昨日の夜、夜景を見ようとビルに上り、そこから落ちたことは覚えています、と答えた。医師はうなずいて、他の医師たちの意見を求めた。

Dは体調が優れず、高齢（すでに七十七歳になっていた）だったため、医師たちは十二年間も意識を失っていたことをすぐにはDに明かさないことにした。精神的ショックが大きすぎると判断したのだ。そしてDを個室へ移し、できるだけ新聞やテレビから遠ざけた。

しかし、Dにはこんな事態のもとになった使命を果たせていない思いがあった。娘にあるまじき行為をした男を目の前に屈辱的な失敗をしたのは、つい昨夜のことだ。もう一度、あの建設現場に戻ってやり直さなければならない、とDは思った。ビルの建設が終了してチャンスが消える前に、一刻を争っても実行に移さなければならない。

というわけで、ある夜Dは看護師をかわして病院を抜け出し、タクシーを捕まえて建設現場へ向かった。到着したときは夜の十時をまわっていた。運転手が「着きました」と告げた。Dは外を見て、「ここじゃない」と言った。ちょっとした押し問答の末、運転手は十メートルほどバックして、Dに道路標識を見せた。Dは料金を支払って、車を降りた。

例のビルは完成して入居が済んでいるだけでなく、煌々《こうこう》としたテナントビルがまわりに立ち並んでいた。十二年前はさびれた工業地帯だった場所だ。Dは呆気にとられてその場に立ち尽くした。遠くに見える発電所の煙突で、場所は正しいとわかったが、目にする情報を脳が処理できず、何もかも違和感しかなかった。

しばらくして、Dはあと戻りし、彼の脳裏にほんの数日前には存在すらしていなかった通りをふらふらと下っていった。そして、数日前にはなかったカフェに入った。小さなコードドレス電話で話す客たちに混じってDはお茶を飲み、ヘブライ語のコマーシャルが流れるテレビ画面を見た。国防軍の高官が映ると、Dの背筋が伸びた。が、私服姿の高官は、戦争について語るどころか、滑稽《こっけい》五行詩を朗読し、中東系の歌手とデュエットしている。

高官の隣にドラァグクイーンが座っていた。ドラァグクイーンは、個人的な見解ではレバノン戦争は歴史的な誤ちだった、と言った。Dのテーブルの前を通りかかったウェイトレスが、かがんで聞いた。

ほかにご注文はありますか？

Dは怯えきった目で、ウェイトレスを見つめた。

# プレイバック

女は両手で便器を摑《つか》んで身体《からだ》を起こし、壁に寄りかかった。そして自分が吐いたものを覗《のぞ》き、水を流して外へ出た。それからベランダの椅子《いす》に腰をおろして、陽の光を浴びた。先週の金曜日、夏がはじまった。十五分もすると汗をかきだしたので、日陰に移動した。そのとき、息子が家の前庭に入ってくるのが見え、階段を一段飛ばしで駆け上がり、ガチャガチャ鍵をまわす音がして、ドアが開いた。息子から、ベランダにいる母親の姿が見えた。

「母さん、ただいま」と息子は言った。

「おかえり」彼女は息子に微笑《ほほえ》んだ。

「調子はどう?」

「とってもいいわ」母親は嘘《うそ》をついた。

息子はこくりとうなずいて、自分の部屋へ行った。少しして出てくると、今度はシャワーを浴びに行った。彼女はベランダの椅子に座っていたが、次第に暑さがうっとうしくなり、ふと、近い将来に思いを馳《は》せ、夏への恐怖でいっぱいになった。息子はシャワーを済ませると身体《からだ》にタオルを巻いて部屋に戻り、二分ほどしてまた出て来た。母親は平静を装うのに必死だった。

息子は母親の隣に腰かけ、「大丈夫？」と聞いた。

「ええ」と彼女は答えた。「勉強してきたの？」

「うん」と息子は言った。「土曜の夜、シャイが来るからね。今学期の課題を終わらせなきゃなんないんだ」

母親はうなずいた。顔は強《こわ》ばり、ひきつった。不意に彼女がため息をついた。

「どうしたの？」息子は言った。

「なんでもないわ」

「大丈夫？」

「ええ」

息子は椅子に座っていたが、しばらくするとトイレに立ちあがった。そして戻ってくると「また血を吐いたの?」と言った。

母親は答えなかった。しばらくして、息子は隣のプラスチックの椅子に座った。椅子が日なたにあったせいで、息子はたちまち汗をかきだした。息子は浴室に行って顔を洗い、それからキッチンに行った。

「冷蔵庫にスープがあるわよ」母親はベランダから声をかけた。「鶏肉と野菜の蒸し煮も作っておいたから。鍋に入ってるわ」

「ほんと? 味付けは?」

「してないわ」母親はか細い声で言った。「蒸しただけ」

「ふうん」キッチンから声が聞こえた。「母さんも食べる?」

母親はためらってから、「そうね、食べようかしら」と言った。

息子はトレイにダイエットコークのペットボトルとグラスふたつ、鶏肉と野菜の皿を二人分載せて運んできた。

「スープはいらないの?」

「うん、暑いから」と息子は言った。二人は食べはじめた。

「おいしい?」母親は聞いた。

「すごく」

二人は食事をした。はるか彼方《かなた》で陽が沈みはじめた。息子は食器を片付け、トルココーヒーを淹《い》れようと小鍋を火にかけた。

「ああ、いいわね」と母親は言った。コーヒーは胃を焼くようだったが、濃くて甘くて、元気がみなぎってきた。

陽が沈むまであと少しだった。急に外が冷えてきたので、母親は立ちあがって薄手のシャツを羽織《はお》った。息子は黙ってコーヒーを飲み、隣り合う三軒の建物越しにわずかに覗《のぞ》く夕陽を眺《なが》めた。そして自分の部屋から本を持ってくると、座って読みはじめた。『Playback』というタイトルの英語の本だった。二十年以上も前から彼女の本棚にあった本だ。生前、夫が最も好きだったミステリー小説だった。「いままで読んだミステリー小説で一番悲しい」というのが夫の口癖だった。本を見るたび、今度こそ読もうと心に誓ったものだ。しかし本は英語だったので、結局、読まずじまいになっていた。

そのときふと、これから読みはじめたとしても、読み終わる前に自分は死んでしまうかもしれない、と彼女は気がついた。全身が麻痺《まひ》したようで、座ったまま、息子の手にある青い表紙を見て、レイモンド・チャンドラーのこの薄い本がもう自分の手の届かないところにあることを悟《さと》った。私はこの先、もうこの本を読むことはないだろう。永遠に。息子はページをめくり、夢中になって読んでいる。彼女は椅子の肘《ひじ》を摑んだ。突然、息子が若い頃の夫そっくりに見えた。外は暗くなり、息子の姿が夜に溶け込んでいった。母親の喉《のど》には大きなしこりがある。彼女は椅子の肘を力いっぱい握りしめた。

# 肉の団子《だんご》

　ベランダから淡い光が射し込んでいる。ガラスの扉に目をやると、外には灰色の夜明けが広がっていた。時計を見ると、朝の五時だった。買ったばかりの煙草《たばこ》の箱は一晩じゅうテーブルに置きっぱなしだった。彼はセロファンをくしゃくしゃに破いて煙草を一本取り出す。新しい一日がはじまろうとしていた。

　煙草は味がしなかった。煙草を吸い終えると、インスタントコーヒーを淹《い》れに立ちあがった。不思議だ、と彼は思った。どうして朝になった途端、あらゆるものの味が変わるのだろう？　彼はリビングに戻る手前で寝室に立ち寄り、夢を見る者らしく、無邪気に眠る彼女を見つめた。

　コーヒーは熱すぎた。彼はベランダに出て腰をおろし、ちびちびとコーヒーを飲んだ。

もしおれがすでに死んでいるとしたら、と彼は呟《つぶや》く。一切の欲や執着が消え、何者でもなくなる。するといったいどうなる？　彼はコーヒーカップを手すりに置き、椅子《いす》の上で座禅を組むと、死人のように目を閉じて無心になろうとする。数秒後、ATMに飲み込まれたVISAカードが思い浮かんだが、その考えを頭から追い払った。今度は、昨日訪れた眼鏡店《めがねてん》の女性店員が思い浮かんだ。店員が眼鏡の入った下段の抽《ひ》き出《だ》しを開けようとして屈むと、小さな胸が乳首まで丸見えになった。この考えも頭から追い払った。

人生は虚《むな》しい、と彼は思った。すると、強烈な苦味がこみ上げてきた。五年前、長男が生まれたばかりのこと。親友の家で酒を酌《く》み交《か》わしながら、小用を足そうと親友が席を立ったとき、ふと、車で十分も行けば会える息子のことがたまらなく恋しくなったのだった。

あの瞬間、おれは本当に幸せだった、と彼は自分に言った。何のために生きているのか、はっきりとわかっていた。しかし、これじゃだめだ。郷愁は捨てされ。過ぎ去りし日々、美しい過去にしがみついてはならない。彼はなんとかこの考えも頭から追い払った。それから、自分がすでにこの世にいないとどうなるか、という思考実験に戻った。しかし、気がつくとまた眼鏡を売る女性店員があらわれ、煩悩《ぼんのう》にまみれた空想にひたっていた。しばらくして彼は突然悟《さと》り、目を開けて、ひとりごちた。己《おのれ》は空《くう》である。何も生み出すことのない肉のかたまり、肉の団子《だんご》にすぎない。

　彼はシャワーを浴びて顔を洗い、歯を磨き、寝室で眠っている彼女のかたわらにもぐりこんだ。彼女はわずかに身体《からだ》をずらした。鳥がさえずりだすのが聞こえた。たちまち、彼は安らぎに満ちた夢のなかへ沈んでいった。

# 過越祭のチャリティ

年に一度、過越祭《すぎこしさい》（旧約聖書の出エジプトを起源とする祭。儀式用の特別な食事で祝う）の前になると、ヨビ・ミズラヒは、リション・レツィヨン（イスラエル中央部の都市）に住む両親のアパートメントの下階にあるユダヤ教会堂の理事《ガバイ》と電話で話す。ちょっとした社交辞令を交わしたあとで、ガバイのアブラムがこう言う。ミズラヒさん、困っている方々がいるのです。何か、過越祭の援助をお願いできますか？例年ヨビ・ミズラヒは、リション・レツィヨンにあるアビブという会社の工場まで行って、マツァという過越祭用のパンを二、三十キロ買いこみ、それをガバイが受け取りに来ることになっていた。だが去年のこと、まもなく過越祭がはじまろうというのに、ガバイからの電話がなかった。そこでヨビの方から電話をかけると、ガバイ・アブラムがひと月ほど前の、プリム祭の折に亡くなったことがわかった。

そこでヨビはシャバット氏に電話をかけた。昔、裏庭に置いていた荷馬車で、近所じゅうの配達を請け負っていた人物だ。ヨビのことはほとんど覚えていなかったが、ヨビの両親のことは記憶していた。ヨビはどう遠まわしに聞こうかと悩みつつ、結局こう言った。シャバットさん、いかがお過ごしですか？　くそったれ、と彼は答えた。煙草《たばこ》を買う金もありゃしない。それからヨビはロサンゼルスにいるシメオン・バハドニの電話番号を聞きだすふりをして、バハドニの父親に電話をかけ、しまいにこう聞いた。いかがお過ごしで？　くそったれ、とシメオンの父親は言った。煙草を買う金もありゃしない。その後に電話したもう三人も、同じことを言った。ヨビは自分の額《ひたい》を叩《たた》いた。おれはなんてまぬけだ、十年もマツァを届けていたが、みんなが欲しがっていたのは、煙草だったなんて。

ちょうどその週、つまり去年の過越祭の頃、大人気のデンマーク産煙草「プリンス」が、イスラエルに輸入されはじめた。味は強いが品質はきわめて良く、キャメルやマルボロほど重くないが、箱を開ける前から強烈な香りがする。そこでヨビは車のトランクに煙草を十カートン分積み込んで、リション・レツィヨンに向かった。

ヨビは会堂に入ると、午後の祈りと夕の祈りをする十人の一人に加わり、一人ひとりに煙草を配った。最初の一服を吸うと、人々の顔にまたたく間に笑《え》みが広がった。皆、誰彼となく握手を交わし合い、シメオン・バハドニの父親はこう言った。すごいぞ、みんな、デンマーク産だ。噂《うわさ》どおりだったとはな。

自分のひらめきに気をよくしたヨビは、まっすぐテルアビブに戻るかわりに、リション・レツィヨンの出口にある大きなパブに寄った。店内には木製のベンチが並び、チップスとアフターシェイブの混じった香りが漂っている。大声で話し笑い声をあげる兵士たちと恋人たちで、店内はあふれかえっていた。ヨビがバーテンダーにウィスキーを注文すると、バーテンダーが聞いた。「何で割ります?」

「氷で」

「かしこまりました」バーテンダーは言った。「氷のほかには? コーラ?」

「いや、ストレートで。氷だけ」

「スプライトなんてどうです?」

ヨビはバーテンダーを見た。「氷以外なしだ。何も入れるな。氷だけ」

やっと意味が通じたらしく、バーテンダーは目を丸くした。屈強な男たちが三人、花火つきドリンクを飲んでいる女たちを置いて、感服した様子でヨビに近寄って来た。

そのうちの一人が聞いた。

「あんた、船乗りか?」

# 一九九五年のノストラダムス

こんなの、まるでレコードで聴く童謡の世界だ、と彼は思った。それも、「リヴカと動物園」（六〇年代の童謡レコード）みたいなレトロなしろものだ。

「さあ、子どもたち、
さあ、どうぶつえんに、
行きましょう、行きましょう、
どうぶつさんに、（読者は息を殺して、世紀の韻律《ライム》に備える）
さあ、ごあいさつ！」

ばかばかしいし、およそあほらしい、なのに強い呪《まじな》いにでもかかっちまったみたいな、そんな感覚だ。それは一年ほど前のことだった。

電話が鳴って、彼は椅子《いす》から飛びあがった。一瞬、自分がどこにいるのかわからなくなった。ベランダだ。アパートメントの。電話は鳴り続けている。

「もしもし?」

「もしもし」女の声が言った。「ナヒ・エヴェン＝オールさんですか?」

「ええ」彼はうなずきながら答えた。「そうです」

「はじめまして。わたくし、スィガリットと申しまして、××(ここに、有名なトーク番組の司会者の名前が入る。名前は伏せる)の番組担当の者です。『ハ・イル』紙であなたの番号を見つけましまして」

「はあ」と彼。

「未来のことがわかると伺いましたが?」

「いいえ」と彼。

「でも、『ハ・イル』紙にお書きになってませんでした? その、なんと言いましたか
……」

「易経《えききよう》です」

「それです」担当者は言った。「易経、そう、易経のことです」

「あれは趣味です」ナヒは話しながら煙草《たばこ》に火をつけた。「ニューヨークで学生をしてたとき、中国人とルームシェアをしてまして。その男に教わったんです。本業は臨床心理士ですよ」

「それにしても、あなたの予想はぴたりと当たりますよね。本当に、ものすごくよく当たる」

「それはどうも」ナヒは言いながら、目で灰皿を探した。「でもそれはぼくの能力じゃない。易経のおかげです。ぼくは単に解釈するだけ」

「では、うちの番組でそれについて語っていただけませんか?」

「ぼくが?」ナヒはぎょっとして言った。「ずいぶん突飛な話ですね。ぼくは易の専門家じゃない。あくまで臨床心理士です」

「だからこそすばらしいじゃありませんか」担当者は粘った。「あなたは、しごくまっとうな方でありながら、そういった分野にも開かれた目を持ってらっしゃる。言うことなしです」

「とんでもない。違うんですよ、その……」

「ちょっと、××と話してみてください」担当者は、大声で有名な司会者を電話口に呼んだ。「すぐに来ます。少々お待ちください」

　ナヒは待った。

　部屋のドアが開いて、ナヒの妻が入って来た。一歳の息子を抱いている。

「なんでうちにいるの？」妻が聞いた。

「診察が終わったんだ。今日は患者が一人だけだったから」

　妻はやれやれ、と言いたげに首をふりつつ、後ろ手にドアを閉めた。ナヒが言った。

「なんだよ？」

「今日は一人、昨日は二人。なのに、わたしが仕事に復帰するって言えば……」

「そうかよ、ぼくはな……」

「もういい、わかった」妻が言った。「ロゲンカする気力もないの。この子をお風呂にいれてやらないと。ひどい汚れようだから」

　妻が出て行った。耳馴染《みみなじ》みのある声が受話器から聞こえた。「ハロー、ナヒかい？」

「はい、そうです」ナヒは言った。

「いいか」有名な司会者が言った。「これだけは言っとく、ぼくの目に狂いはない。君はすごい。ショーに出るべきだ」

「いいですけど」とナヒは言って、言葉に詰まった。

「ハロー?」

「はい」ナヒは言った。「ただし、心理学と易との関係について話してもよければ」

「好きなようにやってくれ」司会者が言った。「何の問題もない。むしろ、喜んで君を心理学者として紹介してやるぞ」

かくして、息子を入浴させ終えた妻が戻ると、夫は相変わらず電話の前で考えごとをしていた。

「どうしたの?」妻はそう言って足をとめた。「ナヒ?」

「クライアント不足の件は何とかなりそうだ」

*

メイク担当が言った。「動かないで。お願いだから、じっとしてて。二分、二分だけ、じっとしていられますか?」

ナヒは目を閉じて深呼吸した。肩に手が置かれた。ナヒは目を開けた。レジェンドじきじきのお出ましだ。

「いやあ、良かった。来てくれたんだな」

メイクが済んで、ナヒと司会者は握手を交わした。

「こっちだ」司会者は狭い廊下に出ると、三人の女たちが言い争っている楽屋にナヒを案内した。

「ほらほら、お嬢さんがた」有名な司会者が言った。「五分でいいから静かにしてくれ」

女性の一人が、制作チームのメンバーのことで文句を言いだすと、司会者はこう言った。

「そんなに怒るとブサイクだぞ。顔にしわがよるだろ。まったく！」そして、女のほっぺたをつねった。「ハニー、君を見るだけで心臓発作を起こしそうだぜ。いいから、ぼくらに時間をくれ」

ナヒと司会者は二人きりになった。

「いいか」司会者が言った。「ぼくが収録のとき君に質問するのは、この番組の未来についてだ。わかるな？　番組自体が君に問いかけるんだ。そう、斬新な切り口でいくつもりだ」

「わかります」ナヒは答えた。

「だが、ちくいち解説してもらってる暇はない。コーナー自体は五分間だ」

「でしたら、いまここでコインを投げてください」ナヒが言った。「そうすればステージに上がる頃には答えがわかっていますから」

司会者は二秒ほど考えてから、「コインを持ってこい」と言った。

＊

狭い部屋で、ナヒは黒い大判の易経の本と対峙《たいじ》した。ナヒはため息《いき》をついて本を閉じた。有名な司会者のコイン投げの結果はこうだった。

「彼は何者も育てない。
よって何者かが彼を打つ。
不吉」

そのこころは、「高い地位にある者は、他人の成長を助けなければならない。だが質問者は自分のステータスに胡坐《あぐら》をかいてその義務を怠り、誰のことも助けようとしない。彼は他人の支持や協力を失い、最後には一人ぼっちになる。このままでは自らに禍《わざわい》を招く」

偉大な道士でなくたって、このくらいはわかる、とナヒは思った。

ナヒは立ちあがって件《くだん》の司会者を探しに行った。撮影開始間際に、ようやくナヒは彼を見つけ、易の回答を伝えた。司会者は冷ややかにナヒを見つめ、微笑した。

「正気か？　君、視聴率ってものを知っているか？　冷静に考えて、ぼくの番組が危機に瀕してるとでも言う気か？」

「質問なさいましたよね」とナヒは言った。「これが答えです」

女が通りすがりに、司会者の手にメモを押しつけて行った。司会者はメモに目を走らせ、好奇の目で女のうしろ姿を見送った。それからこう言った。

「こんなんじゃ出演させられない。別の答えにしろ」

ナヒは首を横にふって拒否した。

司会者がナヒを見つめた。

「それでしたら」とナヒは言った。「質問を変えてください。もっと一般的な内容に。コイン投げは自分でやりますから」

司会者はため息をついた。「いいだろう。はて、一般的ね、来年はどうなるか、とか？」

「いいですね」

ナヒは小部屋に行ってコインを投げた。そしてステージに上がる頃には答えが準備できていた。だが本番中、有名な司会者はナヒにプレッシャーをかけてきた。

「ひとつ、具体的な話をたのむよ」

「具体的な内容じゃないんです」ナヒは落ち着きなく、もじもじした。スポットライトのせいで汗ばんでいる。「一般的な質問なので、答えも一般的になります」

「そうか……」司会者は言った。「いったいどういうメソッドなんだ？　中国人が増え続けるのも無理はないな。彼らにもっと具体的な知識があれば、避妊について知ってたはずなんだが」

観客が笑った。ナヒは客席を見ようとしたが、ライトに目が眩《くら》んでしまった。目の前で司会者が勝ち誇ったような笑みを浮かべていた。

「いいでしょう」ナヒは言った。「なら具体的なことを言いましょう。来年はテロが起こります、それからあなたのお母さまがトトで二十シェケル当てるでしょう。こんなかんじでいかがでしょうか？」

ナヒはどこからこんな答えが出てきたのかわからなかった。もちろん、この部分は完全にカットされて放送されなかった。ところがその一週間後、ショッピングモールのディゼンゴフセンターでテロが起きた。そして司会者の母親は二十四シェケルを当てた。トトではなくロトだったが、そんなのは些細《ささい》な差だ。

＊

ナヒ・エヴェン＝オールの今日現在の収入源。
一、初回限定お試し易診断――一日あたり利用客五、六人。四十分につき350シェケル。最低一か月前から要予約。
二、固定客――十五人。全員がビジネスマン。価格：一か月あたり1800シェケル。
三、企業向け――定期コンサルタント。十二社。価格：一か月あたり2500シェケル。
平均月収（控除額を除く）、計：100000シェケル。

＊

三週間前、ぼくはナヒに会って話した。ナヒがまた「ハ・イル」に寄稿する気がないか、確かめたかったからだ。ナヒは笑った。君は全国紙「イェディオット・アハロノット」に向かって電話をガチャ切りした男と話してるんだぜ。

すごく奇妙な一年だったんじゃないかい？

「そりゃあね。はじめの方が特にクレイジーだった。イスラエルじゅうに知られることになった。放送はされなかったがね。口コミで広まったんだ。いまも電話が鳴りっぱなしだよ。何十件とかかってくる。で、結局、この道で食っていくことにした」

迷いはなかった？

「考えてもみろ、通算六年学んで、臨床心理学の修士号も取ったんだぜ。なのに、挙句の果てが占い師だなんて。それも、ヘルツェル・リプシッツ（八〇年代のイスラエル人占星術師）ばりのね。じたばたしてもしょうがない。いくら抗《あらが》っても、みんながぼくに求めてるのは違うことなんだ。それに結局、金だよ、金。

しかもぜんぶ、たまたまそうなっただけだし……仮に例の中国人学生と知り合わなきゃ、易とは何の縁もなかった。特に入れ込んでるわけでもない。それに、もしぼくと君が予備役で出会ってなきゃ、君んとこの新聞に易のコラムを書くこともなかっただろう」

もしも、あのとき、ああでなければ、ってわけか。

「でも、まさにそれなんだ、わかるだろ？　こんなのはぼくじゃない。心理学者になるレールに乗ってたときは……まあ、紆余曲折《うよきょくせつ》はあれども、ゴールは大体見えてた。でも、いったん成り行き任せにしちまったら最後——コントロールなんてきかない。人間、どこまで自分のことを知ってる？　そりゃ、誰しも、自分に何が起きてるか、どうなりたいか、くらいはわかる。ポイントはそのふたつだ。でも、そのうちのひとつ、つまり、目標をあきらめたとたん、風の吹くまま流されるはめになる……だろ？　自分のことなんて結局、何もわかりゃしないんだ」

オーケー。なるようになったわけだ、君はいまや金持ちだし、喜んでこのまま突き進むんだろう？

「どこに突き進むっていうんだ？　わかってないな。いいか、今月末、ぼくは日本に行く。易を使って地震予測の方法を編み出したと言っている億万長者と会う。数年がかりのプロジェクトだよ。大金が動く」

すごいね。面白そうな話だ。

「そういうことじゃない。もし自分が何者かも、本当は何をしたいのかもわかってたら、ぼくは君にこう言ったはずだ。ぼくと京都の億万長者に何の関係がある？　ぼくの望みは家庭だ、家族だ、キャリアだ、って。例えばの話。でも、自分が何者かわからなけりゃ、ここにいる意味なんてない。だからぼくは行く。たった一人で」

奥さんのニラは？

「彼女は行かない。でも、その話をするのはよそう」

それで、ぼくらはそれ以上、その話はしなかった。

＊

ぼくとナヒはそれから数時間後に別れた。時刻は午前二時。ナヒはぼくを送ってくれた。突然、道路脇に車が停まった。ひげ面《づら》の男が窓から顔をのぞかせて、ミラノ広場への行き方を尋ねた。男が聞き終わるか終わらないうちに、ナヒと彼が高校の同級生だということがわかった。

「ほらな？」ナヒはぼくにそう言ってから、彼の車に乗り込もうと車道に下りた。

「何が？」ぼくはナヒの腕をぎゅっとつかんだ。「誰だって高校の同級生にくらい出くわすさ、月に二回はね。でも、誰もがそいつと一緒にミラノ広場まで行くわけじゃない。それも夜中の二時に。選んだのは君自身だろ！」

ナヒは首をふった。「選んだんじゃない」ナヒは言った。「選ぶ、選ばないの話じゃないんだ。あいにくね。わからないか？」

ナヒは車に乗り込み、車は走り去った。いくら考えてみても、ぼくは納得できなかった。

# 遠足

暑い。少年は大きな岩山のひとつによじ登り、てっぺんに座った。水筒から水を飲み、しっかりと栓をしてからホルダーに戻した。それは、少年が遠足に行くと知って父がくれた軍用水筒だった。父は、水筒を渡すためにわざわざ家まで来てくれたのだが、少年はちょうど留守にしていて、帰ってくると、ホルダーベルトつきの水筒がベッドの上で彼を待っていた。ベルトには、黒字で〈国・防・軍〉とプリントされていた。その上に太いマジックペンで父の名前も書き込まれていた。

他の子どもたちは、ツアーガイドをとり囲むように二列に座らされ、話を聴いていた。ここは、とガイドは子どもたちに説明した。アラブ人たちから尊敬されていた、とても有名な首長《シャイフ》のお墓だったところです。少年はみんなから二メートルほどのところにある岩山に座ったまま、子どもたちを眺《なが》めた。子どもたちがガイドに言われたとおりきちんと並んでいるのを見て、少年は無性に石を投げつけてやりたくなった。そんなにあっさり言うことを聞くなよ、と。

ガイドは日避《ひよ》けのかわりに手をかざしながら、少年を見つめた。

「トム」ガイドが言った。「こっちへいらっしゃい」

少年は答えなかった。

「降りてきて。みんなに見て欲しいの」

「うん」少年はそう言ったまま動かなかった。ガイドは戸惑っていたが、結局あきらめて、アラブ人から尊敬されていたシャイフの話を続けた。少年はガイドを負かしたみたいでうれしかった。遠足の付添いで来ていた二人の大人のうち、一人は少年の母親だったので、ガイドが親の前では自分を思いどおりにできないのがわかっていたのだ。少年が空を仰ぐと、大きな鳥の群れが見えた。それからはるか彼方に目をやり、景色やら何やらを、とにかく眺めた。原っぱ、木々、そして遠くにありすぎて見えない何かを。

背後から母がやって来た。

「トム、下で、みんなと一緒に座らないの?」母が言った。

「座らない」

「どうして？」母は息を切らせて、岩山によじのぼり、少年の隣に腰をおろした。「ねえったら？　この場所にまつわる歴史を知りたくない？」

「シャイフの墓でしょ」少年が言った。

「どんなシャイフ？」

少年は黙っていた。

「ねえ」母が言った。

「臭《くさ》いアラブ人のシャイフ」トムが言った。

「トム！」

「冗談だよ、ママ、冗談」

母は少年をキッと睨《にら》んだ。息切れがおさまると、片方の靴を脱いでなかの小石を落とした。下にいる子どもたちがガイドの説明の邪魔をしたので、ガイドはそのうちの一人を叱り飛ばした。

「まったく」少年の母はため息をついて、靴のなかを確かめた。「もうだめね、山登りも、丘を下るのも。脚がなまっちゃって」

母は靴を履きなおし、靴ひもをきつく結んだ。少年は下を目がけて石を蹴《け》り落《お》とした。

母は少年に触れようとしたが、少年はその手を避《よ》けた。母はわが子をしばらく見つめたあと、立ちあがって岩山の間の小径を下っていった。はじめ、母は子どもたちのそばに立って、もう一人の付添いであるシェニという別のクラスの少女の父親と話していた。少して、二人の大人は子どもたちの群れから遠ざかり、大きな墓の陰に消えていった。

少年は目をつむった。いろんな色や形がまぶたの裏に躍っている。それが本当に見えているのか、気のせいなのか、わからなかった。少年は思った、きっと、目ん玉の中身が見えてるんだ。でも、目をつむってるのに見えるはずない。じゃあ、ただの幻かな。

少年はふと、自分の知る大人たちのなかで、こんな疑問に答えられるのは母だけだと気づいた。母が恋しくなった。少年は目を開けたが、母の姿はなかった。少年は立ちあがると岩山から降り、子どもたちの一団と墓をすり抜けて裏手にまわった。すると、石積みに腰かけた母のそばには、シェニの父親がいた。シェニの父親の手が、母の肩に置かれている。

シェニの父が言った。

「トムはどうだい？　君を困らせたりしてない？」

トムはその場に凍りついた。母は返事をしなかった。シェニの父親がまた口を開いた。

「大変だろうな、シングルマザーは。新しい出会いだってなかなかない、だろ？」シェニの父は指先で、トムの母の髪の毛をもてあそんだ。

「あの子はいい子よ」身じろぎもせず、母が答えた。「問題も起こさないし」

「ひどい問題は起こさないだろうさ」シェニの父親が言った。「でも、ほら。家に男を連れて来るなんて、できないだろうし」

トムの母親は黙っていた。トムは心臓がドキドキした。さっと身体《からだ》の向きを変え、あわてて墓石をまわり込んだので、座っている子どもたちの列に突っ込みそうになった。トムは後ろの列にもぐり込んで、ガイドと目が合いそうになると、前にいる子の後ろに隠れた。しばらくすると、目が痛くてぴくぴくしてきた。トムは目をつむった。また、不思議な色や形がまぶたの裏に見えてきた。目をさらにぎゅっとつむると、色はより鮮やかに、形はさらにすばやく変化していき、痛みは引いていった。トムは目まぐるしく変わる色を見つめ、束《つか》の間《ま》、いましがたの出来事を忘れた。

目を開けると母がすぐそばにいて、トムを見つめて微笑《ほほえ》んでいた。シェニの父親も少し離れたところから、娘に向かって身振り手振りで合図を送っている。トムはシェニの父親を見てから、もう一度母を見た。ふと、母が憎らしくなったが、次の瞬間には、いまさっき見た光景が現実だったのか、目をつむっていた間の幻だったのか、おぼつかなくなってしまった。トムは眠くなった。

# 子どもたち

午後、イスラエルがん協会のチラシに載っている統計のとおりならば、何の心配もなくビーチにいられる時間帯だったが、実際のところは暑かった。そのうえじめじめしていた。ぼくのそばで、子どもが二人、砂浜に大きな穴を掘っていた。子どもたちの姿はすっぽりと穴に隠れ、頭だけがふたつ、のぞいていた。二人の両親はぼくより一メートルほど後ろで、擦《す》り切《き》れたピケ織のビーチ・シートに寝そべっていた。みどりのサングラスをかけた妻の方は仰向けに寝て、隣にいる夫は、スティーヴン・キングの分厚い小説を読んでいた。

妻がうつぶせになって水着のブラのホックをはずし、甘えた声で夫に言った。

「シャウル、塗ってくれない」

夫のシャウルはなかなか本から顔をあげない。ぼくはそのシャウルの顔が見たくて、彼がふり向くのを視界のすみで待ちかまえた。くだらない理由からだ。これまでぼくは、魅力的で有意義な人生を送ってはきたが、シャウルという友人は一人しかいなかったし、友人のシャウルは七年前に交通事故で死んでしまった。ぼくらの会話の大半は子どものことだった。ぼくの知るシャウルは大家族に憧れていて、子づくりの相手を見つけるずっと前から、未来の自分の子どもたちを夢想していた。やがて交通事故が起こり、シャウルの相手は一人取り残された。子どもがいなくて、逆に良かったんだろう。

ビニヤミナへ続く道のとある場所で行われたシャウルの結婚式でのこと、酔ったシャウルは、ぼくが彼の紹介でつき合いだしたばかりの連れの女の子をすみっこに連れだし、聞きだそうとした。君らはもうしたのか、と。

なんでそんなこと聞くの、と彼女。

気になるんだ、君らがしたのかしてないのか、どうしても知りたくてさ、とシャウル。

いいえ、と彼女。そんなに知りたいっていうんなら、してないわよ。わたしたち、まだ二、三回デートしただけだもの。

で、したくないの？　シャウルがしつこく聞いた。したくないのか、君は？

彼女は答えなかった。シャウルはその沈黙をイエスととらえ、ぼくを探しにやって来た。

ぼくは外で煙草《たばこ》を吸っていた。シャウルは十五分ほどかけてぼくを見つけ、近寄って来たかと思うと倒れ込んだ。

「どうしたんだよ」シャウルが体勢を立て直し座り込んだところで、ぼくは言った。

「おまえとあの娘《こ》。名前はなんだっけ。そうそう、シラ・ヴァクスマン」

「ああ、それが?」

「なんで……」シャウルは手をふって、空中に抽象的な模様を描いた。

「何が言いたい? シャウル? 何か飲むか?」

「うぅぅ」シャウルはうめき声をあげ、頭をかかえた。「話しかけるな、話しかけられると、いまにも吐きそうだ」

シャウルは両手で顔を覆い、それからまた言った。

「でも、なんでなんだよ……おまえとあの娘は。どうして結婚しないんだ」

「結婚? 知り合ったばかりだぞ」

「いい娘じゃないか。おれはよく知ってる。信じろ。あの娘はいい母親になる。かわいい子どもたちが生まれる。一度くらい、おれの言うことを聞けよ」

ぼくは吸《す》い殻《がら》を落とし、踏《ふ》み消した。

「おまえこそ、今日は子どもを何人作れそうなんだ?」

「好きなだけ冗談言ってろ、でもな、いますぐじゃないけど、きっと生まれる。子どもは偉大な存在だ。おまえだって、いまにわかる。それに、ダフナは単にいい女ってだけじゃない、そんなことで結婚したんじゃない。彼女はとにかく、なんていうか、見つめるだけで、おれの未来の家族が見えるんだ」

ぼくはうなずいた。急に、自分には永遠にそんな感覚は持てないだろう、と思った。ぼくはひたすら、古風でひとりよがりな、中毒性のある孤独なゲームを続けるだけだし、ゲームに参加しようとする女はみんな、せいぜいボードの駒になるのがオチだろう、と。もちろん、ぼくは間違っていたし、ある相手と出会うべくして出会った瞬間、何もかもが変わった。だが、シャウルだって間違っていた。あいつがダフナの瞳《ひとみ》に未来の家族を見ていたのは本当だと思う。そして実際、そんな家族ができていたっておかしくなかった。だが現実には、そうはならなかった。

今週、ビーチにいたもう一人のシャウルはスティーヴン・キングを読みふけり、身体《からだ》をよじって妻の背中にオイルを塗っている。ぼくは彼の顔をじっと見た。そこには、ぼくの知るシャウルの面影はみじんもなかった。ときどき人は、自分の願望どおりにものごとを見ようとする。だが、今回は自分にも嘘《うそ》がつけなかった。海辺のシャウルは身を起こすと、自分たちで掘った穴に長いこと隠れたきりの子どもたちに声をかけた。こっちに来て、サンドイッチとフルーツを食べなさい、と。

二人の子どもは無視を決めこんで掘り続けていた。ガン・ハイル・ショッピングモールに入っているアハロニズ・デリのスタッフらしき若い中国人が二人、ぼくの向かいに立ちはだかった。二人は服を脱いで水着姿になり、めいめいビーチ・チェアに身体をあずけた。シャウルが子どもたちをどやしつけると、まもなく砂浜にふたつの頭がちょこんとのぞき、二人が穴から出てきた。そのとき、子どもたちは中国人に気づいた。七歳くらいの男の子が、その場に棒立ちになった。妹らしき女の子は、まだ穴を掘り続けたいようだったが、男の子は妹の手を引いて中国人たちの方を向かせた。

女の子が口をあんぐりと開けた。彼女は声もなく叫んだ。「ママ!」

男の子も、興奮のあまり叫びだした。「やった! やった!」

すると母親がやって来て娘の手をつかみ、息子の頰《ほお》を軽くはたいた。

「人のことじろじろ見ないって、何度言ったらわかるの!」母親は子どもたちを引きずっていった。中国人たちは無言のまま、ビーチ・チェアに座っていた。

男の子が泣きだした。妹は兄をかばおうとして、母親に言った。

「でも、ママ、ほんとに着いたよ!」

「おだまり！」母親が言った。「お行儀よく、座って食べなさい！」

子どもたちはすぐに泣き止んで、きまり悪そうに、大人《おとな》しくサンドイッチを食べた。それから一分後に、男の子がもう一度中国人たちをじっくり見ようとやって来なかったなら、事の次第はわからずじまいだっただろう。母親が立ちあがって男の子を連れ戻しに来た。

「すみません」母親は英語で中国人たちに話しかけた。「この子に言っちゃったんです。あんまり深く掘りすぎると、中国に着いちゃうよって」

母親を見た中国人たちは、ピクリ、とも表情を変えなかった。

# 良寛は夜に読む

一八三〇年、春の闇夜の、夜更《よふ》けのこと。齢《よわい》七十二を数える忘れられた孤高の詩人、良寛が今回の主役だ。彼は城下から外れた片田舎の草庵に、一人座している。

孤独に囚《とら》われた良寛は、経験則から叶わぬこととわかってはいながらも、孤独から逃れたいと願う。良寛は孤独の人だ。それが良寛という人であって、身近に人がいようがいまいが、変わることはない。

良寛は、後ろ手に『永平録《えいへいろく》』（『永平広録』または『正法眼蔵』を指す等、諸説がある）を探り当てる。たとえひとときでも、この書がおのれの孤独を和らげると信じているのだ。十三世紀の高名な詩人、哲学者、また曹洞宗《そうとうしゅう》の開祖でもある道元を、良寛はこころの師と仰いでいた。道元は卓越したすばらしい文章家でもあった。

良寛は開け放たれた窓辺の文机《ふづくえ》に向かう。真夜中近く、あたりは漆黒《しっこく》の闇に覆われている。行灯《あんどん》をともし、香を焚《た》き、静かに読みはじめる。

ゆっくりと、身心脱落《しんじんだつらく》の域に至る。これこそ悟りの瞬間だと、彼は知っている。「龍玉を弄《もてあそ》ぶ」との己の言葉どおりに。

良寛は、道元の凄烈《せいれつ》な言葉が、老いた魂を浄化してくれるのを感じる。突然、これまでにないほど、道元の言葉が理解できる。自分が生きる、いまという時代の「文化」が強要する世界観がいかに偽りであるかが、また世界の有りようが、かつてないほどつまびらかに、露《あら》わにされていく。ここが肝心なところだ、ぼくはこの描写に、束《つか》の間《ま》、強烈な妬《ねた》みを覚えた。幻想のなかに生きながら、そこから逃れようと足掻《あが》いている者ならきっと、同じことを感じるに違いない。

良寛は、若かりし修行の日々を思いだす。いまは亡き師が、悟りへの道である『正法眼蔵』の教えを授けてくれた。あのとき、良寛は人生が一変したと感じ、道元の書を学びたいと師に願い出た。

良寛は道元の教えにのめり込み、ほどなく寺を去って放浪の旅に出た。行く先々で、一瞬一瞬、すべてを悟りの眼で見ようと励み、道元禅師の足跡《あしあと》に続こうと努めた。だがその夜、良寛は悟る。一度も、そう、真の意味で悟りを得たことなど一度たりともなかった、と。

庭の竹藪《たけやぶ》を貫くように、雪混じりの雨が降り注ぐ。良寛は『永平録』を置く。自分の生きる時代には、道元の生き方どころか、その教えすら理解され得ないことが、良寛には痛いほどわかっている。世間は道元の名は知っていても、道元が玉か砂利かは意にも介さない。

慰めのひとときは過ぎ去る。良寛は悟りの眼で見通したとおり、この世の記憶とともに取り残される。誰とも分かち合えない記憶は、痛みを伴う。良寛は、自分が生まれる五百年も前に没した人を悼み、こころの疲れを覚える。

＊

数日後のある晩、良寛は流れ落ちる涙を留められずに、古《いにしえ》の師の書物を雫《しずく》で濡らす。翌朝、隣家の老人が草庵を訪ねて来る。老人は文机に載った書物に手を触れる。

「なぜ、この書は濡れているのですか」老人が聞く。

良寛は押し黙る。言葉もないのだろう。恥じ入っているのだ。苦しみ、あえぐ魂は、己を終焉《しゅうえん》に導きつつあるものの正体を言い表す術《すべ》を持ち合わせていない。良寛はしばしばうつむき、こう答える。

「昨夜の雨漏りで、書棚が濡れたのです」

良寛はこの心境を詩《うた》に詠んだ。その詩は「永平録を読む」と題され、晩年の詩のひとつに数えられた。その春の夜から一年もしないうちに、良寛は死ぬ。

# 良識の限界

＊

良識の限界（第一幕）

「やあ、君がロニット？」

「あなたがシュムリク？」

「ちがうよ。シュムリクから君のこと聞いてきたんだ。ロニットがここに来るってね」

「私はロニットじゃない、ハギットよ。ロニットからこのブラインドデートのことを聞いたんだけど、本人は来る気なくて……」

ハンサムな若者と、ルックスのいい若い女が話すのを、ハマスの自爆テロ犯が聞いている。自爆テロ犯はカフェで二人の隣の席に座って自爆しようとしていたが、突然バッテリーが切れてしまった。自爆テロ犯は振り向いて、若者に尋ねた。

「ここはマイナスからプラスに流れるのか、マイナスからマイナスに流れるのか、どっちだ？」

若者は答える。「マイナスからプラスだよ。つねにマイナスからプラスだ。じゃないと電流が流れない。学校で習っただろ？」

「小学三年生のときに、おたくの軍に閉鎖されたよ」自爆テロ犯はそう言うと、電線をいじりだした。第二幕につづく。

＊

「キュロス二世は聖書上の人物じゃない、歴史は想像以上に深いんだ」（ガレイ・ツァハル（イスラエル国防軍が運営する全国ラジオネットワーク）のパーソナリティー）

＊

良識の限界（第二幕）

「で、どこまで話したっけ？　君は幼稚園の先生だよね？」

「ううん、それはロニット。私はアテンダントよ」

「フライト？　空港で働く方？」

「セールスアテンダントよ。買い物客の相手をしてるの」

「マジで？　昨日買い物したぜ！」

「ホント？　奇遇ね！」

色男と美女の会話が続いている。そのうちゴールインしてもおかしくないような雰囲気だったが、自爆テロ犯がまた割り込んできて若い男に尋ねた。

「マイナスとプラスをつないでみてもダメだった。なんでうまくいかない？」

「ちょっと失礼」色男は言って、自爆テロ犯の身体《からだ》からぶら下がっていた電線を拾い上げた。

「誰からこれを買った？」と若者は聞いた。

「兵士から」爆弾魔は言った。「売女《ばいた》の母親が手術するんで、金が必要だったらしい」

「おい、兵士の悪口はマズいぜ」

「本当に売春婦だったんだ。これから性転換手術するらしい」とテロリストは弁解した。

「なるほど」と言って、色男はテロリストに説明した。「いいか、このバッテリーはダメだ、接続不良を起こしてる」

「じゃあ、どうすればいい？」と爆弾魔は言った。若い男はいかつい肩をすくめて、「わかんないのか？　ここを導体でつなげ。フォークかなんかを使うといい」と言った。独身美女は目をぱちぱちさせて「わあ、電気に詳しいのね」と言った。

「まあね、電気《ハシュマル》って呼ばれたりもする」若い男は控えめに囁《ささや》いた。

「ほんと？　仕事は電気関係？」女はあたりをつける。

「いや」若者は戸惑って言った。「ミドルネームだよ。ヨスィ・ハシュマル・コーヘン。幹事として働いてる」

ここまでは序章にすぎない。続きは第三幕へ。

＊

「空軍バンザイ！　国防軍バンザイ！」（シモン・ペレス）

＊

良識の限界（第三幕）

「幹事？　へえ。なんか面白そう」

「ま、やりがいはあるね」

「やりがいって大事よね。ところで何の幹事？」

「政党で幹事長をしてるんだ」

「どこの党？」

「アレクサンダー・ゴールドファーブの政党だよ」

「一人の政党じゃなかったっけ？」

「意外にも、幹事長のポジションがあったんだ。アレクサンダーって規律正しくなくて、自分の政党のルールを守らないから、しぶしぶ脅したこともある」

「どうやって？」

「ぶん殴るぞって脅したのさ」

「効いたの？」

「もちろん。ほら、彼ってもう若くないだろ。それに、おれは元海軍士官だしね」

　その間、危険なテロリストは故障したバッテリーにフォークを差し込もうと奮闘していたが、十五分経ってもうまくいかず、考えたあげく、マッチに火をつけようと思い立った。が、マッチを持っていなかった。しかたなく若者に助けを求めたが、若者はイラついて「うるせー、だまれ」と言った。

若者はゴージャス美女との会話に戻り、女は「すっごーい！　元海軍士官？　ねえ、ツナって健康にいい？」と言った。

「ものによるね」と若者は答えた。「オイル漬け？　それとも水煮？」

「うーん、じゃあオイル漬け」

「オイル漬けはわかんないな。海軍士官の活動領域はもっぱら水の上だから」

話題はここで尽きた。もし、テロリストが椅子《いす》の下から火打ち石をふたつ取り出して火花を散らし、導火線に火をつけなかったら、二人はいまも気まずそうに座っていたかもしれない。結末は最終幕へ。

＊

「刑事ほどみにくいものはない」（アーサー・コナン・ドイル）

＊

良識の限界（最終幕）

「ねえ、セックスしたい？」

「その……実はほら、シュムリクがロニットのことを説明してくれたんだけど、どうやら、彼女あきらかに巨乳らしいんだ。君はどう？」

「正直、ロニットも私も違うわ。そういえば、ロニットから聞いたんだけど、シュムリクはちゃんとアソコが機能するらしいの」

「先に謝っておくよ。例の戦争で失《な》くしたんだ」

「ホロコースト？」

「いや、レバノン戦争だよ」

「ああ、了解。じゃあ……」

テロリストが「アラー・アクバル」とこころのなかで唱え終わった瞬間、二人は立ち去った。自爆犯は悶々とし、怖気付《おじけ》いた。

その日の夜、「ハアレツ」紙の広報担当の秘書から電話を受け、「地方メディアにおける良識の限界」というテーマのシンポジウムに参加しないかと誘われなかったら、ぼくはこの一連の話に触れなかっただろう。

で、ぼくの疑問はこうだ。実際、良識の限界はどこにあるのか？　というのも、ここで語られているのは――まちがいなら指摘してほしい――テロを笑いに変えるユーモアだからだ。

この話では俗語が使われている。――「ヴァギナ」や「ペニス」ではなく、「巨乳」や、「アソコ」という言葉が使われている。

ホロコーストも出てきた。まちがいなくテーマをちゃかしている。

これも冗談で済むのだろうか？

戦争で性器を失ったことは？

実際にどこかからが良識に反するのか？　ぼくは疑問に思う。

答えはない。それが、ぼくがシンポジウムに参加しなかった理由でもある。それによって失ったものは、テレビの生放送で口籠《くちごも》る機会と、オピニオン誌に掲載されるコラム執筆の機会だけだ。

ぼくが電話で丁重に誘いを断った直後に玄関のベルが鳴った。――誰だったと思う？　他でもない、例の危険なテロリストがやって来て、背中についた赤い警報ランプが点滅しているか、と聞いてきた。

点滅しているよ、とぼくは言った。

テロリストはありがとう、と言って数を数え始めた。十、九、八……

いい加減にしろ！　とぼくは言った。越えちゃならない一線とはどこだ？　冗談を言えるようなことはひとつも残っていないのか？

テロリストは考えた末に提案する。ゲイか大便についてはどうだ？

ゲイか大便——それだ！　とぼくは言った。これにはプロローグがある。

*

「コル・ニドレイ」（贖罪日の開始にユダヤ教会堂で唱えられるアラム語の祈り）を唱え終わると、改革派は食堂へ移動して食事をとる。これが彼ら流の贖罪日《ヨム・キプール》というわけだ。汝の父に呪いあれ《イナアル・アボック》（ハラブ・オヴァディア・ヨセフ）

*

良識の限界（プロローグ）

「やあ、かわいこちゃん」

「やあ、小鳥ちゃん」

「手に持ってるのは？」

「検便キットだよ」

なんのことかさっぱりわからないだろう？　説明しよう。ゲイと大便は興味深い別個のテーマだが、無理やりまとめようとすると不自然になる。仕切り直し。

「……そばに来ないか？」

「やめとくよ、クソしたばっかだし……」

これでどうだ？　ぼくは口を酸《す》っぱくして言ってきたつもりだ。対話は何より大切だ！　ってね。

まさかの話

だけど、見ろよ、と彼は言った。こんなに、なっちまったじゃないか。

彼女はそれに応えないで、煙草《たばこ》を買いに出た。煙草を買って戻ってくると、彼は寝室でウィスキーを抱えていた。彼女はドアによりかかった。彼は彼女を見つめ、ウィスキーの瓶《びん》も彼女を見つめた。彼女はそばに行ってウィスキーの瓶をわきに置き、手からグラスを取りあげると窓の外に投げて彼にぴったり寄り添い、身体《からだ》をのばしてキスした。

「だったら、もっと飲まなきゃ」彼が言った。

彼女はもっとはげしく身をよせた。とうとう、彼は腕をまわして力いっぱい彼女を抱きしめた。そのまましばらく、二人は抱き合っていた。汗ばんできたので、彼女はクーラーのスイッチを入れに立ち、ついでにキッチンに行って煙草を吸った。寝室に戻ると、もう、彼は眠っていた。彼女は立ったまま、彼を見つめた。眠りによって、あらゆるこの世の悪から守られているみたいな寝姿だった。彼がまた愛《いと》おしくなり、これこそが恵みの瞬間だと思った。こんなひとときは、この先、滅多にないだろう。しっかり、いまの彼をおぼえておくのだ。これがほんとうなんだ、と。いつか、こんな姿を目にできなくなるだろうけれど、でも、これが真実なんだ、と。ちゃんといまの彼の姿を記憶に刻み込んで、そうよ、人生にごまかされちゃだめ、と思った。彼がほしかった、いま、彼を内に感じたいと思いながら何もしないで、彼のそばに横になった。そのまま、彼女も眠りに落ちた。

それが、二人が一緒に過ごした、しあわせな日々だった。それから、またうんざりする日々の繰《く》り返《かえ》しになり、それまでにないほど、二人のあいだは悪くなっていった。二人は、山の斜面に建つ大きな家に引っ越した。その頃、大きな森で何度か放火騒ぎがあり、自然保護管理局は、金を払ってでも、誰かが森を巡回して目を光らせるべきだと判断した。ウーリーは兵役時代の友人を通してその仕事をもらい、巡回をはじめた。朝起きると、兵役のときに使っていた旧型のカラシニコフを持ち、ジープを駆って涸れ谷《ワディ》に行くか、山を登った。しばらくすると、夜も家を空けるようになった。二日、三日と留守にしては、汚らしい無精ひげまみれの恰好《かっこう》で、むっつり帰ってきたりした。家は広々と大きく、二人はますます、それぞれの部屋で過ごすようになった。そうすることで、みにくい争いがずいぶんと回避できた。

ある日、犬が姿を消した。その前の週に彼女が、種類もわからない茶色の大型犬がうろうろしているのを見つけ、不憫《ふびん》がって家に連れて来ていたのだ。その日、二人は朝食を一緒にとった。もう長いこと、朝食を一緒に食べなくなっていたが、その日、犬が行方不明になったせいで、ウーリーはあとあとまで、その日を思いだした。二人は小さなキッチンで食事をし、結婚したての数年はキッチンに座ってよくおしゃべりをした、と思った。何か問題が起きると、二人はキッチンで話し合った。キッチンの居心地の悪い椅子《いす》ではじまる議論は愛のしぐさにかわり、夜、寝室の古い大きな木のベッドで終わるのだった。もっともはげしい、嵐のような愛のむさぼりあい、そして最良の年々だった。食べながら彼女に目をやると、彼女も同じように思いだしているのがわかった。なぜ、ぼくと一緒にいるんだろう、と彼は思った。ぼくは、やさしくなかった、彼女は立ちあがって去るべきだったのに。

「出かけるよ」彼は言った。

「帰って来るのね?」

「ああ」
玄関の物入れから銃とマガジンを取りだして、外に出た。茶色の大型犬が尻尾《しっぽ》をふりながら吠《ほ》えたてた。彼女、犬になんて名をつけたんだっけ、と思ったが、思いだせなかった。それから何時間かして、犬は行方不明になった。

一時間あまり坂をのぼり、ジープを岩陰に停めた。ジープを降りて坂をのぼる。太陽は真上にあったが、身体がぽかぽかと温まってくるまで数分かかった。彼は小径《こみち》を歩きつづけ、小径をそれて丘の斜面をたどり、清冽《せいれつ》な空気を吸い込んだ。左足の古傷が痛んだが、かまわずに歩を進め、とうとう疲れて、そばの岩の上でひと息ついた。下を見ると、思った以上に距離をかせいでいた。ときが過ぎていったが、腰をおろしたまま、下のワディを眺め、何も考えなかった。きっと、ぼくはこうやって休んでるんだ。そう、自分に言った。ふいに、最後に涙をこぼしたときの情景がよみがえってきた。九年前、妻と知り合う一年ほど前、ニューヨークの、マリー・フィリス・ホジソンというアメリカ人女優の楽屋でだった。もう姿は目の前に浮かんでこないが、アメリカ貴族的なイメージを彷彿《ほうふつ》とさせる名前の女優だった。

そろそろ芝居が終わりに近かったので、彼は楽屋で待っていた。終わったら、二人で三か月の旅に出ることになっていた。女優に想いを寄せている寡黙《かもく》な若い助監督が、芝居がはねるといつも女優が口にする飲みものが入っているポットを届けに来た。ウィスキーがたっぷり入った、熱いサクランボのお茶。助監督はドアを開け、女優を待っているウーリーを見て、楽屋に入った。

「マリーのお茶です」

「わかった」と、ウーリーは言った。

助監督が差し出したポットを、ウーリーは受け取ってテーブルに置いた。いまはもう名前も思いだせないが、その助監督はポットをウーリーに渡したあとも、手をしばらくひっこめなかった。ウーリーは助監督を苛《さいな》んだようでかなしかった。助監督は楽屋を出たが、ノブを握ったままドアを半開きにしていたので、ウーリーの場所から助監督の顔が見えた。

ふっと、助監督から、いつもまとっている自己防衛的な能面が消えた。ひそかに心を寄せている人が近づいているんだ、舞台袖の階段を下りてくる女優を見てるんだ、とウーリーは直感した。それは、滅多にない瞬間だった。助監督は痛みをこらえるように哀訴に満ちて、口をこころもち開けていた。マリー・フィリス・ホジソンは誰かとおしゃべりしながら階段を下りてきたが、助監督には目もくれなかった。

なんてことだ、とウーリーは思った。

誰かに対して、あんなふうに感じたことがあっただろうか、ちくしょう、なにかに対して、あんなふうに。動悸《どうき》がした。助監督はドアから離れ、マリーは勢いよく楽屋に入ってくると、ウーリーに笑《え》みかけて、ひとことふたこと話しかけ、衣装を着替えに衝立《ついたて》の向こうに消えた。涙が浮かんだ。それ以上は堪《た》えられなかった。涙とともに、安堵《あんど》が押し寄せてきた。まだ、泣ける。まだ、だめってわけじゃない。ひょっとしたら、涙がすべてを洗い流してくれるかもしれない、すべてをやり直せるかもしれない、まだ、涙をこぼせるなら。その一瞬、しあわせだった。マリー・フィリス・ホジソンが衝立の向こうから出てくると、その瞬間が消えた。それが、彼が泣いた最後だった。九年前だった。

ウーリーは岩の上に腰をおろし、マガジンを開け、また、元に戻した。しばらくして、弾を詰めた。

銃口を見つめると、地面が視界から消えた。なんて簡単なんだ。そのまま座り込んで、しばらくぼんやりと、黒い、大きい、美しい銃口を見つめた。引き金を引けば、弾の味を口のなかに感じられるはずだ。

それから、立ちあがって、身震いした。本能的な恐怖の虜《とりこ》になって、少しばかり混乱しながら、ジープにのろのろ戻った。まっすぐ家に戻ったが、家は空っぽだった。妻は車で出ていた。行方不明になった犬を捜しに行ったのだ。それからの数か月、同じような瞬間がいくどか訪れ、その都度《つど》、彼はその瞬間にいっそう惹《ひ》かれ、虜になり、恐怖を抑え込めない自分に、いっそう失望した。そんな話を、その数か月のあいだ彼女にはしなかったので、彼女はますます途方に暮れたが、いつかは、彼も恐怖をのりこえられるだろう。

# 嘆きの壁を移した男

ダヴィド・ルガスィは、ぼくが思うに、嘆きの壁が完全に解体され、石また石また石になって、彼の経営する会社「AAアメリカ運送&リノベーション」のトラック三十台分の荷台に積み込まれるのを目の当たりにするまで、自分がどれほど壁を愛していたか、自覚していなかった。その瞬間まで、嘆きの壁は、はっきり言ってひとつの場所にすぎなかった。しかし、ラビン暗殺によって、何もかもが変わってしまった。

ルガスィは、祈りを捧げるために生まれてきたような、珍しいタイプの人間だった。ルガスィが、壁のそばにいると心底くつろげたというのもうなずける。どこかの超正統派ラビの孫娘と結婚できるほど「宗教的」ではなかったが、祈るときにしあわせを感じる人間は、確かにいるのだ。例えば、毎週金曜の夕方になると、ルガスィはまず、父親と連れだって会堂に行き、実家に戻って安息日の儀式と食事を済ませ、それから車でパーティに繰《く》りだすのが常だった。ルガスィ家においては、それが安息日の夜の最高の過ごし方だった。

というわけで、ルガスィは壁を愛し、同時にエルサレムを憎んでいた。シャアル・ハガイでエルサレムへ続く登り坂にさしかかる瞬間、誰もが選択を迫られる。右か左か。宗教か世俗か、黒いキパ（ユダヤ教徒の男性が頭頂部に被る小型の皿状の帽子）か編んだキパか。ハリウッド映画に出てくるスラム街みたいに、ギャングにならなければ、不毛で殺伐《さつばつ》とした街で孤独に生きるしかない。選ぶことを嫌い、祈ることを何より好んだルガスィは、お気に入りの壁に出かけていくたび、ますますひどい気分になった。そしてついに、堪忍袋《かんにんぶくろ》の緒が切れた。ラビン暗殺から一週間後のある晩、ルガスィから電話がかかってきた。時刻は真夜中一時だった。

「来てくれ」ルガスィが言った。「エルサレムまでタクシーを拾え。急ぎで相談したいことがある」

「何の相談だよ?」

「どこに移すかだよ。壁を、な。あと一時間で積み終わる。とにかく、話してる暇がない。バッテリーが切れそうだ」

＊

嘆きの壁の広場まであと五百メートルというところで、ぼくは国境警備隊のバリケードにつきあたった。ドルーズ族の警官が、ぼくを呼び止めて言った。

「この先は立ち入り禁止だよ。壁の改修工事中だ」

「は？」

「改修工事。きれいにしてるんだよ。ラビンの喪《も》に服すためさ。特例でね」

「はあ」

警官は待った。ぼくは頭をかいた。

「あのですね」ぼくは言った。「入れてもらわないと困るんです。ぼくはコンサルタントの者でして」

「名前は？」警官はそう言うと、ズボンのポケットからしわくちゃの紙片を取り出した。

「ウズィ・ヴァイル」

「あの有名なウズィ・ヴァイル？」

「有名？」ぼくは言った。「どうして有名なんでしょう？」

「先に言ってくれよ」警官はぼくの肩を軽く叩《たた》いた。「工事業者から、あんたは入れていいと言われてる。言っとくが、おれは百パーセント、あんたらの味方だ。おれたちドルーズは、イスラエルと血の契約を交わしてるからな」

「なるほど」ぼくはおそるおそる言った。

警官はそばにいた同僚に、ぼくのためにバリケードを開けるよう叫ぶと、こう付け加えた。

「だからおれは、自分がドルーズだろうと、あんたの親父さんを支持してるんだ」

「ぼくの父親を？」ぼくは首を傾《かし》げた。

「偉大な人物だ」警官が言った。「ああいう人が他にいなくて残念だ。ご愁傷様《しゅうしょうさま》」

「父はまだ生きてます」

警官はその場に凍りついた。

「マジか？　ベギン（地下組織のテロリストで後にイスラエル首相になった）がまだ生きてる？」

ぼくは答えに窮《きゅう》した。それで、愛想笑いを浮かべた。

「またまた」警官はそう続け、みるみる目を見開いて頭を左右にふった。「冗談だろ。ベギンが生きてるって、え？　じゃ、なにか、どこかに隠れてるとでも？」

ぼくはほんの少し肩をすくめた。

「さすがだな」警官が言った。「地下抵抗組織にいたから、隠れるのはお手のものってわけか。で、いつ戻って来る？」

ぼくは言った。「一、二年したら」

「親父さんに伝えてくれ、おれたちは待ってるって」警官が言った。「ドルーズ族だけど、待ってるからな。なんでかわかるか？」

「イスラエルと血の契約を交わしてるから？」ぼくは試しに言ってみた。

警官は、見直したぜ、とでもいうようにぼくを見つめた。

「さすがだ。親父さんはあんたを立派に育てたもんだ。さすがだよ、あんたら、立派な一族だな」

「ええ」とぼく。「ただ、うちの息子は、その、少し……」

「あんたみたいに真面目なんだろ」警官が言った。

「ええ、まあ……」ぼくは肩をすくめた。

「どうでもいいさ。ベギン家には違いない。みんな立派な人たちだ」

「父に伝えておきます」ぼくは約束した。

警官が車の窓枠から手を離したので、ぼくはそのまま中に進んだ。

壁の広場は煌々《こうこう》とライトで照らしだされ、何十人という作業員が石積みの解体に取りかかっていた。壁自体はもはや最後の二段を残すのみになっていた。石ひとつにつき、作業員が二人ついて、石の取り外しが終わると、広場の入り口のすみに停車している巨大なトラックまで運んだ。残りの二十九台のトラックは、すでに積載が終わって、壁の外に続く道路に沿って待機していた。

ダヴィド・ルガスィは、いままさに石を積んでいる最中の、三十台目のトラックの屋根に鎮座していた。運転手と二人並んで、でかい魔法瓶《まほうびん》に入ったコーヒーを飲んでいる。ぼくは唖然《あぜん》として、その場に立ち尽くした。ルガスィがぼくを見つけた。

「よう！」ルガスィがぼくに呼びかけ、立ちあがった。「ほら、上って来い。おまえも飲めよ」

ぼくがトラックのドアまでよじ登ったところで運転手が引っぱり上げてくれ、気がつけばぼくは、作業員たちが、壁の最後の一段の解体に取りかかるところを眺《なが》めていた。圧巻というべき光景だった。残り一段となった壁は、石畳でできたひとすじの小径のようだった。ぼくは黙ったまま座り込んでいた。

しばらくしてルガスィが言った。「見ものだろ、な？」

「なあ……」ぼくは言いかけて、言葉に詰まってしまった。

「すぐに何もかも説明するよ」ルガスィはそう言って、トラックの運転手の方に、ごくわずかにクイッと首を傾《かし》げた。ルガスィは、自分の計画を余計な人に知られたくなかったのだ。

「うまいコーヒーだろ？」ルガスィは運転手に聞いた。

「文句なしに」

「だよな。なあ、悪いんだが、おれたち、ちょっと込み入った話があるんだ」

運転手は怪訝《けげん》そうにぼくを見た。それからコップに残ったコーヒーを地面に流し、立ちあがって飛び降りた。ルガスィは運転手が着地して、その場から離れるのを確認した。

「で、どう思う？」二人きりになると、ルガスィが聞いた。

「どう言えってんだ？」ぼくは壁に手を差しのべながら言った。「これって……」

「どえらい、だろ？」

「だね」ぼくはうなずいた。「確かにスケールがでかい。認めるよ。でも、どうして？」

「この壁は、エルサレム市民に似合わない。分不相応だよ」

「そういうことか」ぼくはあたりを見まわした。作業員たちは壁の残りを解体しはじめていた。

「意見があれば言ってくれ」ルガスィは自分の胸に手をあてた。「おれが間違ってたらちゃんと言えよ。先週、ラビンが暗殺された二日後に、祈ろうとして壁に来た。ラビンのため、この国のため、それから、……まあ、いい。とにかく胸が張り裂けそうだった……特にラビンの葬式のあとは。ラビンの孫娘が泣いてたのを見ただろ」

「見たよ」

「だったら、わかるよな？　とにかくキツかった。それで、壁に来る途中でさ、おれ、死んだ父さんのキパをのっけてるし、ひげ面《づら》で、こんな見た目だろ？　そのせいで、少なくとも五人に呼び止められて、口々に言われた。ラビンが死んで本当に良かったなって」

ぼくはうなずいた。ルガスィは深呼吸して、やれやれ、と言いたげに首をふった。

「祈り終わって」ルガスィは続けた。「キパを取ったら、帰り道にまた別の三人に声をかけられた。暗殺者だらけの宗教野郎たちに反対するデモに行こうって。言っとくが、マジでごめんだ。こんな街には二度と来たくない。で、決めた――おれ、ダヴィド・ルガスィは、嘆きの壁を引っ越させるのさ」

「いったいどこに？」

「テルアビブだ」

ぼくは言葉もなかった。眼下では、作業員たちが仕事を終えつつあった。彼らはせっせと働いていた。残り二十の石のブロックを運び出すと、壁は跡形もなくなった。

「すごい作戦だろ？」ルガスィが誇らしげな笑《え》みを浮かべた。「百二十人が働きどおしだ」

「テルアビブのどこに移すんだ？」

「そのために来てもらったんじゃないか。ものは相談だ、絶景で、対立も起きず、政治的じゃない、みんなが気持ちよく祈れるところはどこだ？　そんな気楽な場所は？」

「海岸とか？」ぼくは提案した。ルガスィが微笑《ほほえ》んだ。

それで、事はそのとおりに運んだ。

＊

三十分後、トラックの隊列は、壁の取り払われた、むき出しの土手を後にした。ルガスィとぼくはプジョーに乗って、ブルーシートに覆われたトラックの一群と作業員たちの乗ったバスを追い抜き、国境警備隊のいる地点まで来た。ルガスィは車を降りて、警官の肩を軽く叩いた。

「終わったのか？」警官が聞いた。

「ええ」ルガスィが答えた。「バリケードを外して構いませんよ。市の許可証はそちらに？」

「ああ」警官は言って、シャツの胸ポケットを叩いた。「これがいるのか？」

「持っててください」ルガスィは言った。「何か質問されるかもしれない」

ルガスィは車に乗り込んでドアを閉めた。「国営ビルの下水道工事をやったとき、市からもらった許可証だ。『建築業者の指示に従うこと』って書いてある」ルガスィが言った。警官が車の窓を叩いて、ぼくが気づくのを待った。警官はぼくに向かって、口にチャックのジェスチャーをしてみせた。ぼくはわかった、ありがとう、という意味を込めて親指を立てた。

トラック隊が動きだした。

「なあ」とぼくはルガスィに言った。「ぼくって、ベギンの息子にしてはちょっと若いと思わないか?」

ルガスィは肩をすくめた。「まったく警官ってやつは」

こうして、にこにことリラックスしたルガスィは、荒涼としたアヤロン・ハイウェイに沿って、トラックの隊列を率いていった。午前三時、シェラトン・ビーチに到着した。ぼくらは付近を綿密に調査するため車を降りた。作業員たちはバスで待機した。

「どう思う?」ルガスィは腰に手を当ててあたりを見まわした。「シェラトン・ビーチからマリーナの間なんてどうだ?」

ぼくは想像力を働かせて言った。「どうかな。海岸沿いは幅が狭すぎるよ。祈る人たちにも、ビーチに寝そべる人たちにも、スペースが要る」

「そうだな」ルガスィが言った。「それに、海から距離があった方がいい。特に冬場は、壁が波に浸食されやすい」

ぼくらは辺りをよく観察した。と、突然ぼくらの目に、独立公園の手前の、ヒルトン・ホテルの麓《ふもと》に広がる土手の斜面が飛び込んできた。ぼくら二人は握手を交わし、ルガスィは待機中の作業員たちのところに行った。

「降りてくれ」ルガスィが言った。

作業員たちが、ルーマニア語でひそひそと話しはじめた。中の一人が立ちあがり、通訳を買って出た。

「ミスター・ルガスィ、みんな疲れきっています」リーダー格の男が言った。「オールナイト、ワーク、ワーク」

「こう伝えろ、一人ずつに、もう二百ドル出すって」ルガスィが言った。「ただし、朝まで働いてくれたらだ」

あっという間に作業員全員がバスを降り、石を積みおろしていった。一部は独立公園の土手に足場を組みはじめた。作業員たちはすばらしいスピードで、トラックに積み込んだのと正確に同じ順番になるように石を積んでいったが、その熱心さにもかかわらず、朝日が射し込むまでに三段しか積みあげられなかった。最初からそうなることを想定していたルガスィは、作業員たちを休ませた。六時になると、交代の作業員たちがやって来た。

今度はアラブ人たちだったので、ルガスィは通訳なしでやりとりできた。七時、ルガスィとぼくはプジョーの車内に倒れ込んだ。ルガスィはラジオをつけた。四つのラジオ局から流れるニュース番組を片っ端からチェックした。どの局も、何者かが夜間に壁を盗んだという事実を報じてはいなかった。

「捜査のせいで報道規制が敷かれてるんだろうね」ぼくは言った。「検閲がかかってる」

「『カイロの声』に検閲がかかるか？　『ＢＢＣ』にも？」

ぼくは肩をすくめた。

「まあ、いい」ルガスィが言った。「亡くなった親父の口癖は、果報は寝て待て、だった。とにかく、寝ようぜ」

ぼくらは互いの肩に寄りかかって、三時間ほどうとうとした。午前十時半、誰かが窓を叩く音で目が覚めた。市の調査員だった。ルガスィが窓を下げた。

「工事の方ですか？」調査員が頭をかきながら聞いた。

「そうだ」

「これは何です？」

「平和の壁だよ」ルガスィが言った。「イツハク・ラビンの記念の」

「ああ」調査員が言った。「見覚えがありますね、この壁」

「似たようなのが、エルサレムにもあるよ」

「ああ」調査員が言った。「妻がエルサレム出身なんです。そのせいだ、きっと」

ルガスィは作業員の一人を呼び止めて、コーヒーを頼んだ。調査員はぼくらと並んでコーヒーを飲みながら、市役所の稼ぎがどれほどだか話してくれた。調査員が行ってしまうと、ぼくらはもう一度ラジオをつけた。相変わらず、嘆きの壁があるべき場所から姿を消したことについてはひと言もなかった。

ルガスィは車から降りると、伸びをしながら言った。「変だよな?」

「行ってみよう」ぼくは言った。

ルガスィは労働中の作業員たちを見て、「待て、顔を洗ってからだ」と言った。

＊

エルサレムに着いたのは正午だった。ぼくらは、かつて壁があった場所からそう遠くない場所に車を停め、慎重に近づいていった。二十通りのシナリオがぼくらの脳内を駆け巡ったが、どれも目の前に広がる光景とはほど遠かった。何もかも、いつもどおりだったのだ。

祈りに来た人たちは祈っていた。男たちは左側で、女たちは右側で。

警官たちは、いつものように、広場の安全を守っていた。

観光客は、いつものように、紙のキパを頭にのせて写真を撮っていた。いつもと違うのは、そこに壁がないことだけだった。ぼくらは広場へと進んでいった。普段どおり持ち場に立っていた警官が、ぼくらに黒いキパを差し出した。

「なあ、お巡りさん」――ルガスィが言った――「壁はどこだ？」

「改修工事中だ」警官が言った。

「どこで？　工事はどこでやってる？」

警官は肩をすくめた。

「壁の担当ラビに聞いてくれないか。彼が言ってたんだから。で、入るのか、入らないのか？」

ぼくらは広場に入った。敬虔《けいけん》なハシディーム派の一団が熱心に祈りを捧げていたが、石積みのすき間のかわりに乾ききった土の丘に祈りのメモを挟もうとする試みは、徒労に終わった。彼らはときおり、困惑気味にあたりをキョロキョロしていたが、一応、壁の担当ラビの説明に納得しているらしかった。ぼくらは広場を後にし、そこからほど近い、ルガスィの馴染《なじ》みのちょっとした店に食事をとりに行った。

ルガスィはフムスを平らげ、コーヒーを飲んだ。しきりに考え込んでいる様子だった。食べ終わると、携帯電話を取り出した。

「もしもし」電話がつながるとルガスィは言った。「壁の担当ラビの事務所はこちらですか？　お聞きしたいことがあります。いま、壁に行ってきたんですが、見当たらなくて」

「あり得ません」女性事務員が答えた。「ラビは朝からこちらにいらっしゃいました」

「ラビのことじゃありませんよ」ルガスィが言った。「壁です。壁がなかったんです」

「ああ」事務員は答えた。「改修工事中です」

「なんですって？」ルガスィが言った。「どこが請け負ってるんですか？」

「市です」事務員が言った。「詳しいことはわかりません。今朝、ラビが国境警備隊と話して、改修のために石を持っていったと聞いてます。特例のことです」

「国境警備隊？　いったい誰ですか、バリケードのそばのドルーズ人と話したんですか？」

「そうです、そうです」事務員はいらつきはじめた。「市の主導で、特例なんです。エルサレム建都三千年の記念事業でして」

「ありがとう」ルガスィはそう言って電話を切った。ぼくらは顔を見あわせた。

ルガスィが言った。「うまい具合にいってる。週明けに、レウミ銀行（建国前からあるイスラエルの大手銀行）から預金を引き出しとこう」

＊

その日は昼夜を問わず、ぼくらは作業員たちと並んで猛烈に働き続け、翌日――ルーマニア人作業員たちの二回目のシフトが終わる夜明け前――すべてが完了した。ぼくらは波打ち際で、まくり上げたズボンの裾《すそ》を洗われながら、新しい嘆きの壁を見つめた。荘厳で美しかった。

「ユダヤ人にとって、最も神聖な場所だ」ルガスィが言った。その目に涙が光った。

「独立公園が？」

「おい、ぶち壊すなよ」

ルガスィが作業員たちに賃金を払うと、彼らはバスに乗り込んで去っていった。ぼくらはその場に立ったまま、自らの手で成し遂げた仕事を眺《なが》めた。しばらくするとぼくは空腹に襲われ、エルサレムでフムスを食べたきり、何も口にしていなかったのに気づいた。ぼくらはカフェ・レガッタまで行き、窓際の席に着くと、黙ったまま海岸を見つめた。

「おれたちの神殿の丘だ」ルガスィが言った。

＊

はじめは、何もかもスムーズに運んだ。確かに、海水浴客たちは少なからず壁にびっくりはしたものの、まだ、彼らの日光浴を妨げるほどではなかった。それに引きかえ、観光客はかなり興奮気味だった。予想外だったのは、シカゴのジョー・リブリンというアメリカ人の富豪――「リブリン・ザ・リブリン・ボタン・アンド・ジッパー」の会長兼社長――が、滞在先のホテルからテルアビブ市長に宛てて、計十万ドルの小切手つきの祝電を送ったことだ。

「テルアビブとイスラエルの観光事業を盛り上げる、実にすばらしい思いつきですストップ」と電報にはあった、「アメリカ人の市政にあなたがたほどの豪胆《ごうたん》さがあれば、我々は忌々《いまいま》しいグランド・キャニオンを見ようと、忌々しいグランド・キャニオンまでわざわざ行かずにすんだでしょうストップ」

テルアビブに住む敬虔なユダヤ人たちは、新しい壁を複雑な気持ちで受け止めたが、適応は早かった。第一に、これが本当にあの壁だと、口に出して言う者は誰一人いなかった

――壁の担当ラビは相変わらず、オリジナルは改修中だと主張していた――第二に、もしこれが本当にあの壁だったとしても、何年かテルアビブにとどまったところで、まずいことがあるだろうか。イスラエルじゅうから押し寄せる巡礼客は、ここ何年もエルサレムの旧市街がさらされている治安問題を思えばこちらの方がずっと快適ではるかに安全だ、と口々に言った。

驚いたのは、祈る人たちと海水浴客たちの距離が近すぎたわりに、互いの聖域が侵されなかったことだ。祈る者は壁を向き、海水浴客は海を向き、みんな、車両を五十台も増やして運行することになった五系統のバスを仲良く利用した。独立公園のゲイたちですら、最終的にはこの状況に慣れた。市議会議員を務める左派政党メレツの代表はこう明かした。ゲイたちの多くは由緒あるユダヤ教徒の家庭の出身で、嘆きの壁が近くなったことは、彼らの性生活に驚くべき変化をもたらした、と。

問題は、市長が、事の次第を理解した瞬間にはじまった。はじめの一週間の衝撃が終わると、市長はファックスを捨てまくり、嘆きの壁がテルアビブの管轄区に入ったと敢《あ》えて示唆《しさ》する者たちを一人残らず解雇してから、ようやく、海岸に下りて何が起きているのか視察することにした。国民の言っているとおりだと証明されたとたん――クソッ、まだだ

――悲劇がはじまった。

手はじめに、市長は、今後嘆きの壁を「イスラエルの王の壁」と呼ぶ、と宣言した——ラビン暗殺後、勝手に「ラビン広場」と名前を変えられてしまった「イスラエルの王の広場」のかわりだ。次に市長が着手したのは、実験芸術家のヤコブ・アガムを招いて七色に変化する塗装を壁に施すことだった。

「ヤコブ・アガム氏は」と市長はビーチから生放送された記者会見の席で言った。「動力学とユダヤ教を融合させた国際的なアーティストであり、来《きた》るミレニアムの地図上にこの壁を刻みつけることでしょう！」

それから、嘆きの壁の隣に設置された特殊な音響装置が登場し、自治体のコマーシャルとイスラエル音楽を二十四時間ぶっ通しで放送した。

一日もたたないうちに、イスラエルの国営放送が夏のロックフェスを生放送すると発表した。その名も、「壁ロックフェスティバル」。特注でドイツから壁の前まで空輸搬入された、最新の空気圧式回転ステージからの生中継だ。タレントのドゥドゥ・トパズが司会を務め、コメディアンのドゥドゥ・ドタンがギャグを飛ばすことになり、市の電気技師労働組合の組合長ドゥドゥ・シュムエルビッチは、もしこの計画が合意に至らなければ、海岸じゅうを停電にしてやると息巻いた。

この頃になると、ルガスィはぼくが電話しても折り返さなくなった。でも、イスラエル国防軍の選手権大会が壁で開かれ、何百という歩兵隊員たちが懸垂下降で降りてきたときには、さすがにルガスィにもこたえた。その日、午後四時、ルガスィから電話がかかってきた。

「聞いたか？」声が沈んでいる。

「あんなの、大したことじゃない」ぼくは言った。「テルアビブ新聞社が海岸でスカッシュのリーグ戦を主催してる。壁を何に使ってるか、当ててみろよ」

「一時間後にヒルトンで」ルガスィはそう言って電話を切った。ルガスィが相当滅入っていると予想はしていたが、甘かった。約束の場所に着くと、ルガスィが遠くに見えた。ルガスィは煙草《たばこ》を手に、海岸のキオスクの隣に、がっくり肩を落として立っていた。エルサレムから壁を移して以来、ぼくらが壁に近づいたのは、それが初めてだった。ルガスィは気分が悪そうだった。見上げると、いちばん高い石積みの幅全体に、電光掲示板の文字が明滅していた。

「嘆きの壁　後援　イェディオット・アハロノット新聞&株式会社イスラカード」

その少し下に、スプレーの落書きがふたつあった。「シャローム・ハヴェル《グッバイ・マイ・フレンド》」（ラビン暗殺の夜、米大統領がスピーチで発した言葉）と、もうひとつは、「アビブ・ゲフェン、あなたは神」（ロックミュージシャンのゲフェンの歌のひとつがラビンの追悼ソングとなった）だった。ダヴィド・ルガスィは、彼の愛する壁と同じくらい悲惨な状態だった。

込んだ。

「どうすりゃいい？」目を真っ赤に腫《は》らしたルガスィは、持っていた煙草を思いきり吸い込んだ。

「そのうち収まるよ。様子を見よう。みんなまだ慣れてないだけさ」

ルガスィがうなずいた。ぼくらは、海水浴客と祈る人たちを仕切るために警察が設置したパーテーションに近寄った。片隅に小さなブースがあった。ぼくらは、オレンジの制服姿の年配のスタッフからキパを受け取った。制服には海に面した壁のイラストが描かれていた。キパ自体もオレンジ色で、それにも同じイラストが、こんな一文とともに添えられていた。「一生に一度は、壁から望む夕日を！」

ぼくらはパーテーションを越えて壁側に入った。

「ちょっと、お客さん！」背後から年配のスタッフがロシア訛《なま》りで呼びかけた。

「何か？」ぼくはふり返った。

「入場料、五十シェケルいただきます」オレンジの制服のスタッフは言った。

ぼくはルガスィを見た。ルガスィもぼくを見た。

「今夜十時だ」ルガスィが言った。「準備しとけよ。迎えに行くから」

＊

その夜、ぼくらは壁をエルサレムに戻した。死力を尽くし、八時間ですべてを終えた。ルーマニア人とアラブ人のシフト・グループが力を合わせ、朝日が昇る頃には、壁は本来の場所に戻された。

ルガスィは壁を見つめたまま立ち尽くしていた。そして目じりの涙をぬぐった。「やるだけのことはやった」と彼は言った。

作業員たちはすでにバスに乗り込み、いつでも出発できる態勢だった。荷台が空になったトラックは一台、また一台と、駐車場を後にした。ぼくらは無言のままその場に佇んでいた。すると、背後で遠慮がちな咳払《せきばら》いが聞こえた。壁の担当ラビだった。

ラビが言った。「あー……改修は終わったかね、わが兄弟？」

ぼくらはふり向いた。ラビの目は真っ赤で、髪の毛は少々乱れ、一週間で百歳分も年取ったようだった。

「終わりましたよ」ルガスィは力なく言った。ルガスィは老ラビを見つめ、言いようのない哀しみに包まれた。

「それで……問題はないのかね？」

「磨き上げられてピカピカですよ、ラビのおかげです。補強用にネジを埋め込んで、セメントも流し込みました。新品同様です。ゆうに三千年はもつでしょう」

「神に感謝、神に感謝！」ラビは特大のため息《いき》をひとつ漏らして口をつぐんだ。そして言った。「よくやってくれたね、君。ただ、これだけは言わせてくれ、市の連中には、次からは、頼むから、事前に必ず知らせて欲しいと伝えてくれ、いいね？」

「次はありません」ルガスィが言った。「もし次があったら――母に誓って言いますが、元に戻したりはしません」

# 訳者あとがき

イスラエルの作家ウズィ・ヴァイルの作品集をお届けします。本邦初紹介。ストーリーテラーとして定評のあるウズィ・ヴァイルの巧みな表現と物語のおもしろさ、持ち味である諧謔《かいぎゃく》とペーソス、それに誤解されそうなほどに鋭い舌鋒《ぜっぽう》を味わっていただくべく、二つの作品集とコラム集、ウェブ掲載作品から選り抜きました。

ここ数十年、イスラエルは経済的には右肩上がりに好調ですが、膠着《こうちゃく》したままのパレスチナとの和平交渉やテロ対策、民族差別や移民格差ほか、問題が山積しています。そうした社会的な矛盾や悲喜劇をアイロニーを込めて、ときに素朴にウズィ・ヴァイルは描いているので、現代イスラエル文学の一端が本書から見えてきます。ウズィ・ヴァイルの作品を訳して紹介しませんか、という筆者の呼びかけにヘブライ語翻訳者の広岡杏子さんと波多野苗子さんが大賛成してくれ、三人が知恵を寄せ合った共訳作品集になりました。後述の訳者解題と関連づけていただけるよう、作品と訳者を列挙します。

作品集『首相が撃たれた日に』所収の表題作と「で、あんたは死ね」「なあ、行かないでくれ」「まさかの話」を母袋夏生、作品集『しあわせ』所収の表題作と「奇妙で、哀しい夏」「過越祭のチャリティ」「一九九五年のノストラダムス」「遠足」「子どもたち」「良寛は夜に読む」「嘆きの壁を移した男」を波多野苗子、同作品集の「もうひとつのラブストーリー」「重さ」「眠り」「プレイバック」「肉の団子」、コラム集『裏表紙の生と死』所収の「良識の限界」、ウェブ掲載の「ちょっとした問題を抱えた女」を広岡杏子が担当しています。

ウズィ・ヴァイルは一九六四年、ホロコースト第二世代としてキブツに生まれ、一歳ちょっとで家族と地中海沿岸の商業都市テルアビブに移り、現在も在住。きわどいテーマを率直に、かつ抒情《じょじょう》を込めて記す作家であり、あけっぴろげにあらゆることに言及する先鋭的なコラムニストであり、翻訳家としてはアメリカの詩人レイモンド・カーヴァーやマーク・ストランドの作品を訳し、妻のイリスと絵本を共作し、BBCシットコムの『ジ・オフィス』イスラエル版や、カルト的人気を誇った風刺スケッチコメディショーの脚本を担当するなど多才ぶりで耳目を集めている。なお、若い頃から「気」を取り入れた指圧を学んでいて、個（孤）に没入する著述と我を滅却した状態で他者を診る営為は不可分だそうである。ヴァイルの「日本」への傾倒はなかなかなもので、本書でも「良寛は夜に読む」に片鱗《へんりん》をうかがうことができる。

作家としては、オルリ・カステル＝ブルームやガディ・タウブ、日本でも愛読者の多いエトガル・ケレットと同じポストモダン世代に属し、年齢も近い。偶然だが、四人ともシニカルな短篇をよくしている。

本書を読み解くために（といって、本書はまったく難解ではないけれど）軽くイスラエル案内を記すと、地中海に面し、レバノン、シリア、ヨルダン、エジプトのアラブ諸国に隣接した四国ぐらいの面積の国である。古くはエジプト文明とメソポタミア文明に挟まれた交通・通商の要衝として攻防が繰り返されてきた地で、ローマ帝国時代にパレスチナと呼ばれるようになり、イスラエルと呼ばれるようになったのは一九四八年に独立してから。人口は約九百五十万人（二〇二二年現在）。ユダヤ人が人口の四分の三、アラブ人が五分の一、そのほかをドルーズ族やベドウィン族が占めている。人口比からわかるようにユダヤ人が多いが、ユダヤ教徒の国ではない。仏教や神道とつかず離れずの距離を保っている大抵の日本人のように、多くの人々はユダヤ教の祭日や慣習を守りつつ、宗教とは距離をとって暮らしている。例えば、「なあ、行かないでくれ」の主人公は、ユダヤ教会堂に行くのは十三歳の成人式《バル・ミツヴァ》以来だ、と思いながら贖罪日《ヨム・キプール》に祈るイスラエルのふつうのユダヤ人である。もちろん、敬虔《けいけん》なユダヤ教徒もいる。彼らは六百十三もあるユダヤ教の戒律を守るために固有の居住区に集住しているが、一般の人々と隔絶しているわけではなく、市場や街路で談笑し合う。聖と俗は隣り合わせにある。また、イスラエルのアラブ人にはキリスト教徒も、イスラム教徒もいる、イスラム教徒のベドウィン族もいればドルーズ族もいる。彼らはときに衝突しながら互いの違いを尊重して、それぞれに住み分けている。

兵役についてもひとこと。ヴァイルのデビュー作『首相が撃たれた日に』(一九九一年)は、「愛の物語」と副題があるが、兵役と除隊後の若者たちの心の動きを描いた作品集で、「兵役」を論じること自体が憚《はばか》られていた当時の世情(社会)に風穴があいた感じに、じわじわと共感が広がっていった。九〇年代以降、世論はより活発になったが右傾化も目立ってきている。

イスラエルでは高校を卒業すると、義務として男は三年、女は二年の兵役につく。一部の特例(例えば、非常に優秀なため学業を兵役で中断するのが惜しまれる場合は学問を優先するなど)を除いて、イスラエルのユダヤ人、イスラム教徒のドルーズ族、ベドウィン族、コーカサス系のチェルケス人は兵役につくことになっている。自らの信条によって兵役を拒否する権利「良心的兵役拒否」もある。

この義務兵役のおおもとには、土地の所有が許されずポグロムに遭《あ》っては逃げ惑っていたユダヤ人たちが、自己防衛として自分たちの郷土（国）をつくろうとしたシオニズムがある。オスマン帝国時代にはユダヤ人もアラブ人も互いの違いを認め合って親しく行き来して暮らしていた。だが、第一次世界大戦が終結して、英国委任統治（一九二二〜四七年）が始まると、アラブ人とユダヤ人は統治者の英国軍の下で小競り合いと宥和《ゆうわ》を繰り返すようになり、自衛組織ができていった。当初から両者の争いにはキナ臭いものがあったが、自分たちの国をつくるために防衛するのは自明のことであり急務でもあった。そして、イスラエルが独立すると自衛組織はイスラエル国防軍となった。ヘブライ語の頭文字を取ってツァハルと呼び、英語名称の頭文字からIDFということもある。自国を守り平和を守るために各々が責任を果たすのが兵士の義務になる。

イスラエル文学界の先達で邦訳も多いアモス・オズやダヴィッド・グロスマン、A・B・イェホシュアたちは和平活動家としても知られているが、兵役には異を唱えない。自分や家族の命を守るためであって、「戦争」という事態が終わるまでは、ウクライナの例を見るまでもなく、自国防衛をしなければならないのは当然だからだ、残念ながら。こう書いていて、日本はなんとしあわせな国かと思う。八十年近く戦争がないし、兵役がない。憲法で守られている稀有《けう》な国である。なのに、防衛力を増強するのはなぜだろう。

兵役は、ある意味では乳離れのときで、親もとを離れて共同生活で協調性を養い、規律と訓練のなかで独立心を身につける、イスラエルでは通過儀礼ともいえる期間である。だがヴァイルは、「兵役の三年間は悪夢以外のなにものでもなかった。除隊後の自己喪失感、虚無感はもう味わいたくない」と、筆者が二十五年前にインタビューした折に述懐し、「十八歳で万能だという錯覚に陥る、外界から遮断された空白の期間。除隊しても空っぽ。長い人生で兵役なんてたいしたことじゃないかもしれないが、恐怖と隣り合わせの、自分のものではない三年間だ」と口を極めた。文芸誌『すばる』に「で、あんたは死ね」を載せるためのインタビューだったので話題が兵役に特化したきらいはあったが、『首相が撃たれた日に』の各篇には、輝かしいはずの十八歳からの数年を兵役にとられた虚しさや兵役後の無力感がいささかの感傷をまじえて綴《つづ》られている。「で、あんたは死ね」で、上官の理不尽なイビリにあい、恋人にフラれ、営倉入りを覚悟して酔《よ》い潰《つぶ》れる語り手に兵役を知らないわれわれも感情移入してしまう。「首相が撃たれた日に」には兵役を終えた青年の、社会へのとっかかりが見つけられない焦燥感が暑熱のアパートを背景に描かれている。同書が出た当時のイツハク・シャミール首相は中東和平に消極的で社会は沈滞していた。

首相の狙撃事件より自分たちの話の方が大事だ、という呟《つぶや》きには若者たちの苛立《いらだ》ちが見える。ところが、その四年後、イツハク・ラビン首相が右派の愛国青年に暗殺された。中東和平に積極的で、一九九三年にはPLOとのオスロ合意を成立させて、一歩も二歩も和平を前進させた首相だったので世界的な大事件になった。その後、和平への動きは停滞したままである。事件以後、人々の和平に対する絶望感が深くなったように筆者には感じられる。「嘆きの壁を移した男」では、このラビン首相暗殺事件後の人々の様子が、ブラックユーモアたっぷりの、まったく違う話として語られている。

「なあ、行かないでくれ」はドラマを見ているような、ヴァイルには既に脚本家としての素地があったと思わせる展開である。ユダヤ教のヨム・キプールに主人公はいきがかりで兵役のときに親しかった女友だちを家に招く。だが、戒律に縛られてにっちもさっちも行かなくなり……と、物語は大きく動いていく。同作品集の副題通り、市井《しせい》のささやかな、こぼれ落ちるような愛が語られている。だからこそそのロマンが漂う作品である。

反響の大きかった『首相が撃たれた日に』の十年後に『しあわせ』（二〇〇一年）が出た。人間や社会を、ブラックユーモアと痛烈な風刺で捉え直した五十篇の掌篇集である。

訳者の波多野苗子さんの解題を記す。

『しあわせ』で著者はイスラエル社会や人間の生そのものが抱える不条理にあらゆる角度から切り込もうと試みている。ひとつひとつの短篇が、社会的成功の裏にある救いがたい欺瞞《ぎまん》、はた目には円満な夫婦につきまとう不和の予感、危機や深い喪失感のなかで生まれる笑いとユーモアなど、人生のままならなさをつぶさに拾いあげ、そこにある光も影も同時に浮き彫りにしていく。物事の潜在的な二面性を読者に常に意識させるような作品集だ。ユダヤ教への言及はないが、「なあ、行かないでくれ」に通じる宗教への親和は「重さ」にもチラリと見える。が、「過越祭のチャリティ」にはそれとは真逆の、戒律を揶揄《やゆ》する一面も垣間見られる。ヴァイルの物語にはいつも、相対する視点がふたつながらに同居している。幸福も不幸も、ひとつの出来事の異なる面でしかない。「禍福は糾《あざな》える縄の如し」。ヴァイルは、単一の視点のみに陥りがちな世の中に警鐘を鳴らしているのかもしれない。

「嘆きの壁を移した男」で、著者はイスラエルの宗教的ユダヤ人と世俗的ユダヤ人双方の矛盾を、型破りなストーリーで笑い飛ばす。嘆きの壁は「西の壁」とも呼ばれ、エルサレム神殿の唯一の名残で、ユダヤ民族の象徴ともいえる場所だ。極右の過激派青年によるラビン暗殺で、アラブ－イスラエル紛争の陰にあったユダヤ人同士の政治対立が浮き彫りになり、純粋に嘆きの壁を愛する主人公ルガスィは、政治や宗教の衝突が絶えないエルサレムに嫌気がさす。そこで彼は職業的特権を利用し、嘆きの壁をエルサレムとは対極にある商業主義の中心地、テルアビブにこっそり移してしまう。まさかの展開に引き込まれて読み進むうち、右か左か、宗教か世俗かの選択を常に迫られるイスラエル社会の葛藤が見えてくる。「選ばない」あるいは「選びたくない」という主人公の心境にも思いが及ぶ。

表題作「しあわせ」は、初恋相手らしき女性の事故死のニュースをきっかけに、「ぼく」が青春時代の思い出や何気ない日常のなかから小さなしあわせの断片を拾いあつめるという物語だ。成功者たちのしあわせそうに見える繁栄へのアンチテーゼもある。単なる「しあわせ」で終わらない作品である。

「良寛は夜に読む」は江戸末期の禅僧、良寛が晩年に自身の境涯を綴った漢詩「永平録を読む」の世界観を、そのままヘブライ語で書き下したかのような小品。ヴァイルの日本文化や禅に対する造詣《ぞうけい》の深さがうかがえる。作中に著者自身の声が差しはさまれている点がユニークだが、ヴァイルによると、道元の書と、それを読む良寛、さらにその良寛の詩を読む著者、という三層の視点を意識した作品だという。

広岡杏子さんの『しあわせ』と、ウェブ掲載作品とコラム集収録作品の解題を記す。

『しあわせ』では、国家や共同体がブラックユーモアと痛烈な風刺で捉え直されて、国家は歴史や文化といったものも消費しつくそうとする主体として描かれている。「嘆きの壁を移した男」のアトラクションと化した嘆きの壁や、「もうひとつのラブストーリー」の、国家規模の見せ物として製造されたヒトラーとアンネ・フランクのアンドロイド、「しあわせ」の、公共のビーチが切り売りされるといった現代社会が、皮肉たっぷりにコミカルに描かれる。舞台設定はいかにもイスラエル的だが、日本の社会にも通ずる部分が発見できるのではないか。主人公が人生から束の間の逃避行をする「重さ」では、現代アーティストの彫刻を通して人生哲学が語られる。人には逃れようとしても引き寄せられてしまう出来事や記憶というものがある。人間はそういったものに人生を規定されている。それは「重さ」の主人公のように家庭を持つというプレッシャーかもしれないし、「眠り」の主人公のように愛する娘のために復讐《ふくしゅう》に駆り立てられることかもしれない。国や共同体という大きな物語は失われても、人の数だけ物語の「重心」が存在していて、それが「しあわせ」なのではないか。もちろん、そういった生《せい》には「肉の団子」の男がふと人生の無意味さに陥るように、「プレイバック」の母親が、薄手の本を見て自分に残された時間を自覚するように、不条理さがつきまとう。

「もうひとつのラブストーリー」の舞台は、建国百年を迎える未来のイスラエル。過去に二度侵攻したレバノンへふたたび侵攻し、アメリカとの国交は断絶中で、パレスチナとの間に和平はまだ成立しておらず、国内ではアラブ人大量殺人を行なった人物やラビン首相を暗殺した人物が英雄視されて、国内が右傾化している、という設定である。国民の士気をあげようと科学研究所に発明を依頼する首相は野心的で我儘《わがまま》な子どものようで（チャップリンの『独裁者』を彷彿《ほうふつ》とさせる）、著者は、ナチスの指導者ヒトラーとホロコーストの被害者アンネ・フランクの恋愛、というもっともタブーと感じられる設定を通じて、歴史への無知や無関心が広がり、歴史的な「負の遺産」すら消費するかもしれない未来のイスラエル社会をコミカルに描いて警鐘を鳴らしているようである。

「ちょっとした問題を抱えた女」はウェブ掲載作品（二〇一七年）である。ストーカーに悩まされていた女が、いつのまにか麻薬密輸の手助けをすることになる、という筋立てで、途中まで日本でもありそうなストーカーの怖さが描かれるが（実際にヴァイルの知り合いの経験をもとにしている）、二〇一四年のイスラエルのガザへの空爆で幕を閉じる。ウズィ・ヴァイルがウェブに本作を英語で発表したときには「イスラエル　二〇一四年」のタイトルだった。同年六月にヨルダン川西岸で三人のユダヤ人ティーンエージャーが誘拐され殺害された。ハマスの組織的犯行か、個人による犯行かが争点になったが、イスラエルはハマスの犯行を主張し、その後イスラエルとハマスの相互応酬に発展、最終的にイスラエル国防軍はハマスの拠点であるガザを空爆した。本作品では、ストーカー問題を解決したアラブ人とヘロインが登場するが、息をのむサスペンスドラマが実際の政治的・軍事的問題に帰結し、さらに紛争の裏で敵対関係にある人々が奇妙な具合につながっている様子は、いまのリアルなイスラエルをあらわしているようでもある。

コラム集『裏表紙の生と死』(二〇〇六年)収録の「良識の限界」について。

九〇年代を通じてヴァイルはテルアビブの週刊新聞「ハ・イル」(The City)紙の裏表紙のコラムと編集を担当した。ラビン首相が暗殺された四か月後の同日、テルアビブ最大のショッピングモール、ディゼンゴフ・センターでハマスのメンバーによる自爆テロが起き、犠牲者十三人、百人以上の負傷者がでた。その事件直後、「ハ・イル」紙に「良識の限界」が載った。ヴァイルは犠牲者を聖人君子的に扱うメディアに逆らい、犠牲者となる若者たちを皮肉めかして描いた。軽薄な会話をしている男女の隣で、道化のようなハマスの自爆テロ犯が自爆装置を作動させようと奮闘する。もちろん、フィクションとして、である。ヴァイルの関心は「どこまでタブーを描いていいか?」であり、彼自身がこのコラムでタブーの実験を行なったのである。ケンブリッジ大学で現代ヘブライ文学を講じているヤロン・ペレグは、「ホロコーストとイスラエル兵の死という、イスラエルでもっとも神聖な二つのタブーを含めて、ヴァイルには避けるべきテーマなどなく、あらゆる出来事をその尖ったペンの対象としている」と評している。このコラムは、まさにタブーに切り込むヴァイルの好例ともいえる。

一般的にいって、イスラエルの好感度はそんなに高くありません。イスラエルは嫌いだ、と言われることさえあります。面と向かって言われるとめげますが、富めるイスラエル対貧しいパレスチナという構図や入植地の拡大、何かあるたびに武力に訴えがちなせいでしょう。ですが、日本が一枚岩でないように、多民族で移民国家のイスラエルは、いっそう一枚岩からは遠いのです。社会も政治も混沌として多様です。

ウズィ・ヴァイルの作品からは、そうしたイスラエルのローカルな、騒然とした「いま」の、多彩な断片がいくつも見えてきます。口角泡を飛ばして自説を主張しても、後にわだかまりを残さない議論上手な人々は自己肯定感も強くて、見習いたいくらいです。ヴァイルの作品がそんなときの話題になることも多いようです。そんな「旬《しゅん》」の作家です。まず、楽しんでお読みください。読後、好感度が少しでもあがりますように。

本書は、イスラエル大使館文化部がコロナ禍対策として始めたウェブ版《5分で読めるイスラエル傑作短編小説》への協力と参加をきっかけに生まれました。ウェブ版を企画運営している同文化部の内田由紀さんに感謝します。
ウズィ・ヴァイルの作品に関心を寄せ、三人共訳という面倒な状況も受け入れて、細やかに道すじをつけて指導してくださった河出書房新社編集部の島田和俊さんに、心から御礼申しあげます。

母袋夏生

二〇二二年九月

**収録作品一覧**

で、あんたは死ね（And You'll be Dead）　＊『すばる』1997年12月号（世界文学短編シリーズ）掲載
首相が撃たれた日に（The Day They Shot the President Down）
まさかの話（An Incident）
なあ、行かないでくれ（Don't Leave Me Away）
from ביום שבו ירו בראש הממשלה/ The Day They Shot the President Down（1991）

もうひとつのラブストーリー（Another Love Story）
重さ（Gravity）
眠り（The Sleep）
プレイバック（Playback）
肉の団子（Meatball）
奇妙で、哀しい夏（A Strange, Sad Summer）
過越祭のチャリティ（Charity Given Before the Passover）
嘆きの壁を移した男（The Man Who Moved the Western Wall）
1995年のノストラダムス（Nostradamus '95）
しあわせ（Happiness）
遠足（Yearly Trip）
良寛は夜に読む（Ryokan Reads at Night）
子どもたち（Children）
from אושר/ Happiness（2001）

良識の限界（The Limits of Good Taste）
from חייו ומותו של השער האחורי/ The Life and Death of the Back Page（2006）

ちょっとした問題を抱えた女（Israel, 2014）
from WEB（2017）

著者略歴

## ウズィ・ヴァイル

## עוזי וייל (Uzi Weil)

1964年、ホロコースト第二世代としてイスラエルのキブツで生まれ、1歳でテルアビブに移る。作家・コラムニスト・脚本家・ジャーナリスト。1991年『首相が撃たれた日に』で作家デビュー、E・ケレットやO・カステル＝ブルームと同じポストモダン世代に属す。1990年から「ハ・イル」紙の風刺コラム「裏表紙」を担当し始め、タブーなテーマを率直に扱う人気作家として注目される。翻訳家としてR・カーヴァーやM・ストランドなどの作品を訳すほか、児童書や絵本も多数手がけている。長篇に『五つの夢』『世界を消した男』など、短篇集に『嘆きの壁を移した男』『しあわせ』など。テルアビブ在住。

訳者略歴

## 母袋夏生（もたい・なつう）

長野県生まれ。ヘブライ語翻訳家。エルサレム・ヘブライ大学修士ディプロマコース修了。著書に、『ヘブライ文学散歩』（未知谷）、訳書に、E・ケレット『突然ノックの音が』（新潮社）、『クネレルのサマーキャンプ』『ピッツェリア・カミカゼ』（イラスト＝アサフ・ハヌカ、ともに河出書房新社）、U・オルレブ『砂のゲーム』（岩崎書店）、『走れ、走って逃げろ』（岩波書店）、T・シェム＝トヴ『父さんの手紙はぜんぶおぼえた』（岩波書店）、『お静かに、父が昼寝しております　ユダヤの民話』（岩波書店）ほか。1998年、ヘブライ文学翻訳奨励賞受賞。

## 広岡杏子（ひろおか・きょうこ）

1982年、東京生まれ。翻訳家。英国ユニバーシティ・カレッジ・ロンドン（UCL）ヘブライ語・ユダヤ学部卒業。エルサレム・ヘブライ大学RIS修士課程卒業。訳書に、E・ケレット『銀河の果ての落とし穴』（河出書房新社）など。

## 波多野苗子（はたの・なえこ）

音楽大学在籍中に聖書を通じてヘブライ語やイスラエル文化を知る。卒業後、福山市のホロコースト記念館勤務等を経て翻訳を学ぶ。訳出作品にアモス・オズ『仲間うちで』より「ふたりの女」（ポッドキャストJ-WAVE、SPINEARにて朗読が視聴可能）。

Uzi Weil:
THE DAY THEY SHOT THE PRESIDENT DOWN AND OTHER STORIES
Copyright © 1991, 2001, 2006, 2017
Japanese language translation rights arranged with the author via
Kneller Artist Agency, Tel Aviv
through Tuttle-Mori Agency, Inc., Tokyo

首相が撃たれた日に

2022年10月20日　初版印刷
2022年10月30日　初版発行

著　者　ウズィ・ヴァイル
訳　者　母袋夏生／広岡杏子／波多野苗子
装　丁　鈴木成一デザイン室
発行者　小野寺優
発行所　株式会社河出書房新社
〒151-0051　東京都渋谷区千駄ヶ谷2-32-2
電話　(03) 3404-1201〔営業〕(03) 3404-8611〔編集〕
https://www.kawade.co.jp/

組　版　株式会社創都
印　刷　モリモト印刷株式会社
製　本　小泉製本株式会社

Printed in Japan
ISBN978-4-309-20868-8
落丁本・乱丁本はお取り替えいたします。
本書のコピー、スキャン、デジタル化等の無断複製は著作権法上での例外を除き禁じられています。本書を代行業者等の第三者に依頼してスキャンやデジタル化することは、いかなる場合も著作権法違反となります。

## 河出書房新社の海外文芸書

### クネレルのサマーキャンプ
**エトガル・ケレット　母袋夏生訳**

自殺者が集まる世界でかつての恋人を探して旅する表題作のほか、ホロコースト体験と政治的緊張を抱えて生きる人々の感覚を、軽やかな想像力でユーモラスに描く中短篇31本を精選。

### 銀河の果ての落とし穴
**エトガル・ケレット　広岡杏子訳**

ウサギを父親と信じる子供、レアキャラ獲得のため戦地に赴く若者、ヒトラーのクローン……奇想とどんでん返し、笑いと悲劇が紙一重の掌篇集。世界40か国以上で翻訳される人気作家最新作。

### ピッツェリア・カミカゼ
**エトガル・ケレット著　アサフ・ハヌカ絵　母袋夏生訳**

自殺者だけが集まる世界でかつての恋人を探すハイムは「意味のない奇跡」に満ちたサマーキャンプにたどり着く。代表作「クネレルのサマーキャンプ」のグラフィックノベル。

### デカメロン・プロジェクト　パンデミックから生まれた29の物語
**ニューヨーク・タイムズ・マガジン編　マーガレット・アトウッドほか著　藤井光ほか訳**

コロナ禍の世界でなにが起きていたのか。アトウッド、ケレット、イーユン・リー、チャールズ・ユウなど、錚々たる作家の声が国境や人種を越えて響きあう、空前絶後のアンソロジー。